沉青——卓见

方青卓 著

U0505997

人民出版社

前面的话

嗨，各位好！

很高兴能以文字的形式，和大家交流。

之前，我作为演员，在影视圈奋斗了近四十年，在已上映的作品中，先后塑造了近百位女性形象，即便工作再忙，有一件事情我却一直没有放下：写！

写啥呢？坦白地讲，开始时很无脑，也很碎片，写东西只是为了避免自己在剧中扮演的角色干扰自己的生活常态。我自诩"写"是催眠法。大家说是不是很可笑？哈哈哈哈……

我是个乐天派者。剧里剧外，我都喜欢用笑带动自己，感染他人。当然这也包括我留下的文字。我演一路戏，一路乐不可支地述写自己乐不可支的点滴。

十几年前，我迷上星巴克的同时，也恋上了星巴克情态各异的杯子。我将喝过咖啡的杯子按照编年时序进行编号，逐一收藏，以期把值得珍惜的记忆珍存在我珍爱的每一只杯子里。到如今，一有闲暇，静心阅读它们，便是一桩桩的纪

不要把梦带进棺材，美梦并不仅仅属于年轻人，而是属于活着想做事情的人。

事，一串串的笑声……

有人问我，卓子（后缀或姐或阿姨或妈妈），你为啥每天都在笑，你就没有烦心事吗？

我说，人生在世，谁能没有烦心事？但笑是解药啊！

当然，我说的笑可不是强作欢颜的笑，而是发自内心的笑。心的阳光，才是真阳光！

我想如果有一天我什么也做不动了，那么我就笑，一直笑。笑，不论对自己还是对他人！此乃我——清青-拙见！

"拙""卓"谐音，以"卓"代"拙"，似有"方婆"卖瓜，自卖自夸之嫌，我的这本随笔拙作《清青-卓见》，乃出版社给我戴的"高帽"。戴就戴吧，谁让我姓卓呢。哈哈，只要大家能和我一起乐！

方青卓

2016年岁末于北京西山

目 录

Part 1 星粉

1. COFFEE

不妨多一分酒意

依稀记得在美国拍电影的时候，听过当地流行的一种说法，大意是不要把梦带进棺材，美梦并不仅仅属于年轻人，而是属于活着想做事情的人。直到现在，每每想起这种说法，都会让我激动好一阵子。

在我19岁的时候，文工团舞蹈队排练《白毛女》，每当音乐响起，我就会情不自禁地往练功房跑，看那些"小蛮腰"们身轻如燕的舞步，而且从不"中途退场"。说实话我不是去捧场，而是去"偷师"的。因为我心里有梦，梦想有一天自己也能足尖点地跳、转、翻，也能为观众献上《北风吹》《窗花舞》！

所以我每次看排练都十分认真，并且默默地铭记每一个技巧动作，还时常在左右无人的地方自哼自练，练完《红头绳》练《北风吹》，反反复复怎么也不觉得累。梦所赋予一个人的精神动力，竟是如此的神奇美妙，我切切实实地体验了。

然而梦并不等于一定都能在规划时间里实现。一个人一生有诸多梦想，

不要把梦带进棺材，美梦并不仅仅属于年轻人，而是属于活着想做事情的人。

如果都能在规划时间里实现，那么梦就失去了真正的价值。我在文工团毕竟是话剧队的，随着演出任务量的增大，工作挤占了我梦的空间，渐渐地就把学舞的梦搁浅了。

一晃二十几年过去了。搁浅的梦还能重拾起来吗？这还真不好说！

有一天，苏杰导演（也是我的发小）打电话来说有个戏要公演，邀请我去观看。我知道剧场外面有一家星巴克，于是我从店里给苏杰挑了一只灰色的保温杯，然后请店员帮我装满当天最新鲜的咖啡，还选了一些他喜欢的点心，打完包进剧场和他一起分享。苏杰曾获得全国舞蹈文华奖，"五个一"工程奖，他对舞蹈艺术有着很执着的追求，我很受他的鼓舞。他后来说，当时他在后台看到我捧着星巴克咖啡和点心，心"腾"地融化了，忘记了排戏的辛苦和紧张。

苏杰不知道，同是那一天，他重新唤醒了我沉睡二十几年的舞蹈梦！他的戏属于儿童剧目，什么内容我已经不太记得了，但我记得场景灯光特别好，剧中加入大量的舞蹈演员的形体表演，深深吸引了我。当时有个直觉在向我招手，我要跳舞！

那年我47岁。我请苏杰帮我排舞。说实话，这个过程并不容易，比我想象辛苦得多。有时候练得胳膊酸麻腿抽筋，也想到过算了，想过放弃吧。恰好当时接受《每日文化播报》采访，说起了舞蹈梦，后来不断有媒体报道。我说学跳舞不是取悦于观众，不是卖弄自己，就是喜欢。记者朋友、观众朋友给了我很大支持，我跟自己说，必须坚持啊卓子，这是你自己的梦想，没有人能代替你去实现！

两年后，我与苏杰联手登台，从中国民间到洋芭蕾，从古典到现代，尝试了各种舞蹈表演形式，向关心我的观众做了一次综合性汇报。由此，中央电视台《音画时尚》给我做了一台舞蹈晚会。那一年，我49岁。

不久后，苏杰又创作了大型先锋舞蹈，并在比利时国家剧院公演，受到欧洲同行和观众的高度评价，捧得荣誉归来。他回国第一站专门来看我，郑重地送给我一瓶星巴克酒。

在国内的星巴克我没有看到过任何酒类，拿到这瓶酒时的激动现在想起来心脏还"怦怦"直跳。苏杰说知道我没有特别的爱好，痴迷星巴克算得上一个，"姐姐，谁说星巴克不能出酒，就像你的生活有了舞蹈，从此精彩缤纷。"

说得好！生活不妨多一分酒意，只要你觉得梦是美的，但做无妨！

不要把梦带进棺材，美梦并不仅仅属于年轻人，而是属于活着想做事情的人。

2. COFFEE

茶？还是咖啡？

茶？还是咖啡？这永远是个问题。

我是个口味比较固定的人，在星巴克给自己买的咖啡永远都是拿铁，总也喝不够。直到有一次我在杭州的星巴克店里碰到了茶。

当时情况是这样的， 我记得是在《新还珠格格》剧组，拍戏很紧张。虽然每天都很充实，但确实疲劳。难得有拍戏空档去城里，就会去星巴克给自己

买杯咖啡，给剧组同学们带回去一些饮料、点心。有一天下着小雨，烟雨蒙蒙的西湖显得格外清甜柔美。我点完一杯拿铁，决定在店里坐坐。这是杭州西湖边上的星巴克。

坐好后，我看到柜台上摆放着新出的产品——茶。怎么可能？咖啡店里卖茶？都是小铁盒子包装，有传统的白茶、碧螺春茶，台湾的乌龙茶，还有一些漂亮的英伦红茶，每一种都那么精致。尤其是闽东的白茶，几年前认识的人还不多，我却很喜欢它的甘洌清新，在星巴克碰到实在是太意外了。

我拿起这个又拿起那个，碧螺春适合送给年轻的朋友，英式红茶可以让妈妈尝尝，哪个都实在叫人爱不释手。店里服务的小伙子笑眯眯地看着拿不定主意的我，耐心地向我介绍每一款星巴克茶的特点，"白茶清凉醇香，乌龙茶就比较浓厚回甘……"我好奇地问，"星巴克茶跟中国《茶经》里说的茶一样吗？"小伙子先愣了一下，然后很认真地解释道："因为阳光、雨水或者制作工艺的不同，会有些差别，但同样产地、同样品种的茶，应该是一样的。"

是啊，怎么天天在喝的茶，装进漂亮的小铁盒子，放在星巴克店里，就不认识了呢？我也乐了，"你们做得对，谁说星巴克不能喝茶呢？到中国市场，中国消费者还是认茶。"

"不，方老师，"小伙子认出了我，"在我们店，很多外国客人也会选择茶。"

大概是因为天气的原因，那天星巴克的客人比平常更多一些，好像各种

不要把梦带进棺材，美梦并不仅仅属于年轻人，而是属于活着想做事情的人。

职业，各个年龄的人都有。我特别留意了一下，真有意思，我发现选择喝星巴克茶的竟然真是几位老外，而且还是背包游玩的年轻人，他们在低声交谈嬉笑。

怎么会是这样呢？我有点诧异，问星巴克小伙子，"啊哟，现在外国小姑娘们也讲养生啊？"

小伙子又乐："因为这里是杭州，这里的风景最适合品茶呀。"我望向窗外，烟雨仿佛细纱笼罩，苏堤若隐若现，好像一幅水墨淡彩，近处的垂柳新绿散发出沁人心脾的清新。

我懂了。对茶的理解可能每个人都不尽相同。不同的国家、不同的文化背景，对茶的诠释也是千差万别，但对人与自然的和谐，对天地间片刻美好的追求却是古今中外所共通的。是茶还是咖啡，并不必要去过多地纠结，上天自有美意。身处西湖畔，就在微雨时，还有比捧杯茶更恰当的吗？

小伙子帮我打开一盒样品，哇，星巴克茶是用茶袋包装，不是我想象的茶叶，而且算下来一杯要比酒店里更实惠，又方便又养生，真的可以带给我的朋友、亲人们分享了！

想到这里，我请服务员帮我每种都挑了两盒，还给自己也留了一盒。

我去星巴克，寻找一个点。不是约了别人，而是自己约了自己，说好去，就一定去。那天我很感动。

不要把梦带进棺材，美梦并不仅仅属于年轻人，而是属于活着想做事情的人。

3. COFFEE

嗨，星巴克

　　我的第一杯星巴克，是苏小明请我喝的。在北京国贸，时间是1997年。

　　当时在排姜文导演的话剧《科诺克》。有一天苏小明要带我去喝正宗的咖啡，我说不去，不爱喝咖啡。20年前，普通中国人对咖啡的认识大概都不太多，基本上接触最多的就是雀巢三合一速溶咖啡。有时候拍戏紧张，早晨特别早起床，冲一杯甜的加了奶精的速溶咖啡，倒也没觉得多好喝，但确实是提神。在那个年代，走进咖啡馆去喝一杯咖啡，对于我们大部分的老百姓来说，是件奢侈得不敢想象的事情。

　　苏小明和我同龄， 是一位军旅歌唱家。她的一曲《军港之夜》早在20世纪80年代就传遍大江南北。苏小明的先生是法国人，嫁夫随夫，多年来，她一直有喝咖啡的生活习惯。要不是她带我走进一家绿色美人鱼标志的咖啡馆，我想我自己即使路过也不太可能走进去的。苏小明喝黑咖啡，她问我喝什么，我连蒙带猜给自己点了一杯卡布奇诺。

我有点忘记当时国贸星巴克店是什么样子了，那时候没有微博、微信，手机也没有拍照功能可以留下照片，只记得背景音乐让人很愉悦，坐进沙发里全身的紧张好像都可以放松下来。我端起杯子，瞬间被那香甜的味道征服了。啊，原来咖啡是这个味道的！以前喝的咖啡可能真的不太好喝，一直也没有好感。苏小明的这一杯星巴克彻底刷新了我对咖啡的印象，我很快喝完了杯子里的卡布奇诺。苏小明看着直乐，说"你怎么跟喝粥似的"。

我说再来一杯吧，给我一个大杯的。

此后大约有三年时间，我没有再走进星巴克，也没有再去喝一杯咖啡，也从没有想到未来自己的生活，会离咖啡这么近、会离星巴克这么近。

直到2000年，我去美国拍电影《嗨，弗兰克》，行走在陌生的国土上，突然发现似曾相识的绿色美人鱼，那不是三年前苏小明带我去的那家国贸咖啡馆吗？它怎么也会出现在这里？剧组美方工作助理告诉我，我才知道这家咖啡馆叫星巴克，是美国的咖啡连锁品牌，分店开到北京去了，不是中国美人鱼游到美国来。

那杯卡布奇诺唤醒了我，情不自禁推开星巴克的门。那天我还穿着戏里的兰花粗布衫，头发弄成花白，脸涂上红黑色，一看就是渔民老大娘的形象。卡布奇诺这几个字本来就不好记，好不容易想起来，东北人发音又特别费劲。星巴克吧台服务生是一位长得很帅气的小伙子，他微笑着表示友好。

不要把梦带进棺材，美梦并不仅仅属于年轻人，而是属于活着想做事情的人。

我勇敢地说出了"卡布奇诺"几个字。

小伙子回了一句，我瞬间傻了。说的什么？

我不会英语，翻译也没有跟着来。怎么办？我猜他能听懂我要的是什么，可能会再问是热的还是凉的。我就开始用表演，鼓着腮帮子吹——人家一下子笑了，大概是明白了，给了一杯。我没顾上看多少钱一杯，拿了我不认识的美元，把找回来的零钱放回兜里。

此时手里已经捧着一杯香浓的卡布其诺，我的第二杯星巴克咖啡。这杯咖啡对于我来说，是三年之后在异国他乡的重逢。

三年前，我在《科诺克》中，演第二场胖农妇、第三场雷米太太两个角色，在北京人艺的话剧舞台上，挑战作为演员最高级的表演状态，享受作为演员最大的快乐和满足。三年后，我站在美国街头，拍摄黄蜀芹导演的《嗨，弗兰克》，我正在一步一步地前进，虽然表演艺术这条路有辛苦有挫折。捧着这杯咖啡，内心竟然升起某种踏实和安宁。

也就在那一刻，我感觉到了星巴克的存在和某种说不清楚的安全感。听当时一起工作的美方同行说，"凡是有人类的地方就有星巴克，凡是有星巴克的地方就会有温暖。"我记住了这句话，也很认同。

20年快过去了，现在，无论走到哪里，都能喝到一杯咖啡。也几乎经过中国的每个城市，都有绿色美人鱼标志的星巴克。原本属于西方人或者所谓高级白领的生活方式，得到越来越多中国消费者的喜爱，一杯星巴克不但可以在店里喝到，可以带走，可以在超市买到，还可以在家里享受到。

中国人说12年就是一个轮回，一年有365天，

近20年的365天是多少个日日夜夜，多少个太阳、

月亮、星星组成的漫长时间通道。身在其中，我拍

戏，我生活，我感谢艺术的滋养，我珍惜生活的给

予。买过多少星巴克的杯子，喝过多少杯星巴克的

咖啡，我已经不记得了。不过，我知道从那第一杯

开始，星巴克就会一直陪伴着我。

4. COFFEE
心里住着个"小情人"

当你端起一杯星巴克咖啡时，如果周围有人向你投来会心一笑，那么这个人或许心里和你装着同一个小情人：星巴克。

拍电视剧《凤穿牡丹》的时候，我带着一个绿色的星巴克杯子，是那种很好看的绿宝石颜色，透亮清爽。杯子造型也很特别，中间略细，像少女的小蛮腰。这个绿杯子我平常用得不多，沏咖啡我觉得太深了，一次太多喝不完；盛粥也不合适，口太窄，怕里面刷不干净。通常我只是拿它泡茶，泡袋茶尤其好，不同的水果口味的袋茶。它还有一处好，它有顶盖子，走到哪里带着都不怕洒出来，在片场哪儿一搁也不怕落灰尘。

《凤穿牡丹》讲的是民国时期一个大家族的兴衰故事，演我儿媳妇的是香港演员应采儿，我们俩在拍摄的间歇，一喝水一对眼，马上激动地"啊"的一声——她的小手我的大手，拿着的竟然是一模一样的星巴克杯子，我的绿色她的红色！

应采儿立即蹿到我身边，我们都举起手中的杯子，来了个自拍版合影。那天我们都穿着民国衣服，瞬间有种时光隧道的感觉，仿佛回到一百年前的十里洋场。应采儿扭扭腰，逗趣说："看，这是上海滩最厉害的家族女眷在

不要把梦带进棺材，美梦并不仅仅属于年轻人，而是属于活着想做事情的人。

喝星巴克。"瞧她那副搞怪的神态，我咯咯地直乐。

做演员的就是有这个"玩功"，随便拿起一个道具，扮上妆，场景一变就可以穿越时空。确实因为我们俩拥有共同的星巴克杯子，又难得有找点乐子消遣的这份闲暇，我想我跟这个香港女孩一起拍戏一定会更亲切一些。

我记得这部戏是在一个真的民国建筑里拍摄，上海有不少这样的老建筑。据谣传说这座"古堡"还有过挺吓人的故事，但我一点儿不害怕，没有什么比快乐更强大的了。拍戏确实辛苦，可是我最会忙里偷闲。比如两场戏中间能偷点休息时间，一个钟头或者两钟头，我就跑回到房间，浴帽往古装头上一带，飞快地冲个澡，然后放首曲子，把冰箱里星巴克果汁拿出来，"吱儿"一喝，小躺一会，想象自己在星巴克店里，享受着清凉舒适，这个美——人完全复活！再回到片场的时候，就是一个全新的自我。有人问我，方老师你怎么整天跟打了鸡血一样？我说对，因为我有星巴克这个法宝！

曾听星巴克粉友说，习惯随身带着星杯子，星杯子就像离不开的情人；星粉跟星粉对上杯子，从此不再陌生。这话是有道理的。

有一次参加武汉电视台的一台晚会，我在后台化妆间里和一位年轻姑娘相互很礼貌地打了招呼，坐下休息时，我顺便从筐里拿出星巴克杯子，那姑娘的眼睛"哗"亮了一下："你喜欢星巴克？"

我说是啊，不但喜欢，是迷恋。姑娘立即从她包里取出一个杯子说道："方老师你看，星巴克也是我最喜欢的。"呵呵，又对上一个暗号，我跟这个姑娘立刻熟悉起来。我这才知道，她叫陈辰，是上海东方卫视的知名主持人。陈辰问我，喜欢星巴克多长时间啦。我说从97年到现在。陈辰问完自己也乐："您看咱们不问年龄，问喜欢星巴克几年，果断真爱啊！"

我说你说得对，星巴克就好比我的小情人，走到哪儿买到哪儿，而且真的陪伴我度过了更年期。陈辰听完一阵笑："小情人，这么厉害？"她很年轻，20出头的样子。一位更年后期，一位青春期，整个化妆间就我们俩心离得最近，好像有说不完的话。

我告诉她，我要把自己跟星巴克的故事进行整理，结集成书。陈辰很为我高兴，说她一定会给我加油。陈辰还告诉我，星巴克的老板叫舒尔茨，他曾经出版过关于星巴克的传记《一路向前》。星巴克年会邀请她担任过翻译和主持人，她说舒尔茨先生要是听说您要出关于星巴克的书一定会很开心的。

陈辰的话虽不多，但既是鞭策也是鼓励，分量很足，让我对自己作品的出版增添了不少信心。我想大概每个星巴克粉丝都有因为星巴克而记住的事，记住的人。前些日子，我又碰到应采儿。好多年不见，听说她结婚了，一切都好，真是替她高兴。我送她很漂亮的西双版纳围裙，她说："方妈妈我太喜欢这围裙了，我可以送给我婆婆吗？我不做饭。"

"当然好。"我逗趣说："赶明儿你做饭了通知我一下，我送你一套星巴克炊具如何？"

哈哈……

不要把梦带进棺材，美梦并不仅仅属于年轻人，而是属于活着想做事情的人。

5. COFFEE
窗外最后一片树叶

　　我有两个很特别的星巴克彩杯：一个印着红苹果，还带着绿色的叶子，手柄是咖啡色的；另一个印着金南瓜，也带着绿叶子，手柄也是咖啡色的。我把这两个彩杯放在一起是有寓意的，不仅是因为它俩的造型憨厚朴实，很像我，更重要的是它们都是小硕送我的礼物。

　　小硕是谁？小硕是农民工公益项目的发起人。

　　小硕要做一档免费给进城农民找工作的电视节目，请我去当嘉宾。小硕给这档节目设计了明星与主持人互动的表现形式，为农民工提供人性化的就业帮助，从而显示社会对进城农民的关怀与关爱。谁都知道这样的公益性节目是没什么酬金的，但同样是出于"血溶于水"的那份情感，我还是应邀参加了。

　　就这样一年多时间，我们这档节目竟然一起做了上百期。而且每一期都有一段生动的农民工故事，每一段故事都有很典型的代表意义。

　　我记得有个故事是这样的。某工地到年底农民没能拿到工钱，老板却躲了。几位讨薪的农民工兄弟卷着被褥就躺在老板的别墅前，大冬天一躺就是好几天。有一天深夜，别墅的门突然开了，从里边跑出一位小阿姨大声呼

救："说快来人呐，我家大姐（老板的妻子）就要生孩子了，大出血了！"

农民工们都愣住了：老板不在家，有车也没有人会开，冬夜的出租车也都不到郊区来，这如何是好，如何是好啊？

一位带头的农民工猛喝一声："大伙还愣着干什么？这时候，救人大于天！"

农民兄弟们这才都反应了过来。大家合议后，感人的一幕出现了：数千米的夜路，几个男子轮流抱着即将临产的妇女，追月亮般向医院一路狂奔……

请注意一个关键词叫"抱跑"。人背人向前跑不难，而临产妇女是背不得的，在没有工具的情况下，最简单、最原始，也是最接近护产的方法就只有抱跑。人抱人向前跑，难度可想而知。所幸，这位临产的老板娘，遇上的是几个可以轮流抱跑的男子，得益于这个机缘，她获救了，孩子也顺产了。

不要把梦带进棺材，美梦并不仅仅属于年轻人，而是属于活着想做事情的人。

听到从产房传出孩子"嗷嗷"的啼哭，楼道里的农民兄弟们憨憨地笑了。这笑，穿越了寒夜，穿越了一切愤恨与不满；这笑，是对母子平安的祝福！

老板的妻子回病房后给老板打电话，描述自己历险全过程时声泪俱下。她说："我现在和农民兄弟结下了友谊，我和你的孩子都是农民兄弟救的，我现在要和他们抱团，你就是借钱也必须付足他们工钱，否则我坚决不回家。"

故事的结局当然是喜剧。一次意外事件验证了农民工的纯朴善良，农民工以宽厚的胸怀，唤醒了老板的良知。为了表示敬意，老板不仅如数付清了工钱，而且在孩子满月时还设家宴款待了他们。听说后来他们一直在一起工作，关系十分融洽。

还有一个故事让我至今难忘。那是在贵州的偏远山区，一位双目失明的母亲独自带着孩子长大。由于家境十分贫困，孩子只能和乡里的同辈"组团"外出打工。母子二人隔着千山万水，什么都看不见的母亲写不了信，更没有网络或者手机这样的现代通讯工具。于是母子俩想了一个连结母子情的简单办法：用树叶向彼此报平安。孩子临行前为母亲准备好一叠写好的信封，母亲每个月或者半个月给孩子寄去一片树叶，孩子接到这片树叶后再给妈妈寄一片他所在地的树叶。不管在哪里，不管是什么树，摘一片当地树叶寄给妈妈，告诉她，他是平安的。

这种交换树叶的通信方式，母子俩坚持了很久。细心的母亲虽然没有视力，但她的手非常灵巧，凭着这双巧手，她把儿子寄来的树叶经过精挑细选，选了几片韧性较好的大叶子，再经过盐水浸泡，晾干，这就是山里可以招鸟引蜂的乐器了。母亲就这么日复一日地吹着当地的曲调，希望远方的儿子能够听到。如此浪漫的情怀，如此动人的亲情，但又是让人如此心碎和无奈！

我们不能不承认，中国的农民工群体是贫穷的。但以我最切身的体会来看，属于他们的情感却一点儿也不少。

后来，母亲不再给儿子寄树叶了。儿子等过了半个月，一个月，还是没能等来。儿子知道，母亲一定出事儿了。等他赶到家里扑到母亲面前，母亲已经病重卧床。在她生命的弥留之际，唯一的意识就是等到儿子，听到儿子的声音，闻到儿子的味道。儿子看到，母亲的床前整齐地摆放着所有他给母亲寄去的树叶……

故事讲到这里，让我想起美国著名小说家欧·亨利的《最后一片叶

不要把梦带进棺材，美梦并不仅仅属于年轻人，而是属于活着想做事情的人。

子》。故事讲述医院病房里有一个患了绝症的小女孩，她知道自己要死了，大夫说你放心吧，只要你好好吃药就会好起来。还有人告诉她，你不会死，你的生命就像窗外的那棵大树，它有那么多树叶，一定不会死。如果有一天树叶都没有了，那可能你就快死了。

秋天到了，小女孩的病并没有好起来，反而变得越来越重。小女孩同病房住着一位画家，他知道了这个小女孩和这棵大树的承诺。天越来越冷，风越来越大，叶子一片一片无情地飘落。小女孩的希望也一点点黯淡……几天后，她再看窗外的大树，发现树叶不再飘落，此后无论多大的风、无论多大的雨，树叶都稳稳地挂在枝头。小女孩心绪好了很多。她仍会说，我答应过大树，只要还有树叶，我就一定有活下去的希望。

后来小女孩还是被病魔夺走了生命。可是那片树叶在小女孩死去之后，还在大树上挂着。这个时候人们才知道，是那位好心的画家为小女孩画了树叶。

这两个故事很相像。无论在哪里，无论在哪个国家，人对感情的珍惜和对生命的尊重都是同样的。尽管我们说的是不同语种，但爱却一定是相通的。

　　小硕有天来找我，对我义务主持农民工节目表示感谢，顺便还给我送来了两个星巴克的杯子。"方姨，我们无以为报，但我和这100多期接受帮助的农民工真的从心里感谢你。送你两个最能代表农民朴素审美的杯子，苹果和南瓜，都好像是地里长的。"

　　哎呀，太好了！可能有人会笑我傻，不要钱干活儿，两只杯子就让你欢天喜地，心甘情愿呀。可摸着苹果杯子和南瓜杯子，那么厚重，那么踏实，心里就有种说不出的安稳。

不要把梦带进棺材，美梦并不仅仅属于年轻人，而是属于活着想做事情的人。

6. COFFEE
闺蜜白头到老

　　从来没有想过，我会在美国纽约一家餐厅吃一碗100多美元的面条。跟我的闺蜜洪流一起。

　　洪流是我1982年去上海拍戏时结识的朋友，一晃30多年过去了，现在想起当年的一些事儿，总有一种日久弥新的感觉。她来自北京儿童艺术剧院，我来自沈阳话剧团；她拍《张衡》，我拍《鼓乡春晓》。在我的印象里，洪流就是那个年代的文艺女青年，声音甜美，娃娃脸长得好看，还有一双会说话的眼睛。她朗诵诗歌时的魅力简直迷死我了。我当时在写小说，也写诗，我们一见如故，无话不谈，一有空就"腻歪"在一起。

　　人其实很奇妙。总说心胸宽广，但只有拳头那么大的心房里，能够容纳他人久住的对象总不会太多。我想，在我的心房里久住的，洪流算是一位！

这次和洪流在纽约相聚，是提前约好的。我随中国电影代表团去纽约参加电影节颁奖，洪流去亚特兰大看朋友，我俩约好在酒店一楼的星巴克见面。

洪流比我大6岁，是共和国同龄人。她还是台湾同胞的后代，聪明、睿智、热情，充满了活力。在我和她30多年的交往中，从文艺创作到生活体验，我们的探讨范围是向来不受局限的。我们经常花很长时间"煲电话粥"，现在有微信了，一聊就是几十条几十条地"来来往往"。更重要的是，每次聊天，我或多或少地总是有收获。我有很多篇随笔，就是得益于和洪流的聊天；我所知的网络词汇，也多是缘于洪流的传授。我有很多不解的东西，常常是从洪流那里找到答案。这样一个姐们儿，我能不崇拜吗？

随着年龄的不断增长，我们渐渐地开始关注起自己的生活质量。我们每天彼此问候，还要晒晒阳光早餐，交流下午茶。

洪流是典型的"话剧控"。自己演，也看别人演。每逢她去看一场话剧，回来都要和我分享。她喜欢世界各地独自旅游，回来后给我发她制作的音乐相册。真羡慕她的浪漫生活。

和我一样，洪流也爱喝咖啡。她说星巴克就像情人一样，坐在星巴克店里面，感觉放松和踏实，捧上一杯熟悉的热咖啡，细细品味，不仅香浓，连拿起放下的节奏都是美妙的。听，她对星巴克的比喻多么富有诗意！所以这次彼岸之行的会面，我们想都没想，不约而同地选择了星巴克。

不要把梦带进棺材，美梦并不仅仅属于年轻人，而是属于活着想做事情的人。

　　当地的朋友为我们预订了当天晚上百老汇舞台剧《Don't Cry For Me Argentina》（阿根廷别为我哭泣）的门票。下午我们就在星巴克里天南地北地聊，傍晚，离演出时间还早，洪流提议要些蛋糕点心，晚餐就可以省略了。我说不行，到纽约来一定要吃牛排。洪流一乐，这会儿吃得下吗？我说，要不咱就去吃碗面条吧。

　　对，就是这碗面条100多美元，合小1000人民币。我和洪流对了下眼，哇塞这么贵！犟不过洪流非要付钱。她调侃说："卓子，人生中吃到最贵的一碗面条是跟你一起吃的，这钱就值得花，创个纪录填补人生空白啊。你还记得咱俩82年在上海的时候，偷跑出去买卤鸡头吃？"

　　"怎么不记得？呵呵，一块钱3个的卤鸡头，还有6毛钱猪排面，这两碗面够那时消费几年的。"说到这里，我们都笑了，眼圈还有点潮。

当晚百老汇上演的《Don't Cry For Me Argentina》是震撼人心的。我在家看过麦当娜演的音乐电影，已经很打动人了，但要跟现场演出的气氛相比，却只能说稍逊风骚了。观众中有不少白发老两口，基本是老太太挽着老头儿，相互关照走出剧场。我也挽着洪流，边走边听她感慨老来相伴。猛觉得有人向我们行注目礼，我问："洪流，你看他们在看咱俩，干嘛看咱俩呀？"

洪流笑了："他们是在羡慕咱，羡慕咱这一对同样可以白头到老的闺蜜。"

星空下的分别总是会给故事增色的。洪流从提包里拿出一大包的咖啡豆和一个印有星巴克标记的盒子塞到我手里。

洪流说："这包星巴克咖啡豆是我的美国朋友金锁委托我转送给你的。下午咱们在星巴克时，我看到一个造型很写意的杯子，我把它买下送给你，让它陪伴着你。"我打开盒子，哇，是只红色的蝴蝶！这只杯子和其他所有杯子不同，它没有手把，它就是一只形象逼真、呼之欲出的蝴蝶！

我陪洪流走了一程，一路上我小心翼翼地护着蝴蝶杯子，像真的怕它飞走似的。说真的，这只蝴蝶还真的很有意境。它和我眼前这位30年的闺蜜一样：漂亮、生动！我必须将它珍藏。每天见到它，就宛若见到洪流。

临别，我再也忍不住眼泪，哭着又忍不住笑了。是啊，30多年的友谊早就酿化成了最甘洌最醇厚的酒，天下有夫妻白头到老，闺蜜何尝不能！

不要把梦带进棺材，美梦并不仅仅属于年轻人，而是属于活着想做事情的人。

7. C O F F E E
星巴克，你个大"媒婆"

毫不讳言：因为星巴克，普通的日子会被点亮；因为星巴克，陌生人也可能会迅速地建立起某种默契与认同！

这可不是我有意要给星巴克做广告，而是我从对星巴克点点滴滴的体验中所得的真实感悟。

2007年，由香港演员谢霆锋和钟欣潼（阿娇）主演的一部古装戏《浣花洗剑录》邀我加盟。古装戏最大的特点是人多事杂，换镜换人像走马灯，同一部戏的演员没见过面是常有的事情。我记得当时是夏天，在无锡影视基地拍摄，天气很炎热，来来往往的演员，个个忙得大汗淋淋，大家手里都提个降温解渴的壶啊杯什么的，随性的演员就提只矿泉水瓶，喝完即扔，而我却独树一帜，手里拎的是星巴克保温杯。

我跟剧组里几位港台的年轻演员的交往不是很多。一方面是由于他们习惯以母语粤语进行交流，我搭不上茬；另一方面，可能是两地文化差异吧，尽管他们对我总是很客气，但要是在我和他们中间找到共同感兴趣的场外话题委实不易。难得有一天我在化妆间化妆，阿娇看到我放在台子上的星巴克保温杯，就乐呵呵地凑过来。

"阿卓姐你也喜欢星巴克啊？"

"是啊，你也……"

"我也是星巴克粉，而且杯子和您的一样。"阿娇说着举起自己的保温杯。

"哟，太巧了，咱俩的杯子几乎一模一样。我太爱星巴克了！我还有很多星巴克的杯子！不能再买了，再买就成'杯奴'了。"

"我也是呀，再买我自己都不同意了。"阿娇乐了。

同是星巴克的粉丝，瞬间我们的距离就拉近了。阿娇在我身边坐下，之后我们围绕着星巴克话题谈了很久，也谈得很投缘。

不要把梦带进棺材，美梦并不仅仅属于年轻人，而是属于活着想做事情的人。

在那部戏里，阿娇扮演我的儿媳，之前我们只是彼此相知，但还没在一个剧组合作过，也从没那么近距离地说过话。阿娇的一双眼睛特有磁性，嗓音也很好听。这位十几岁就红透全香港的少女组合成员，一路十年走下来一直是年轻人的偶像。真不敢相信，在她娇小的身材里，竟藏着那么大的能量。能认识她，真好。这当然得感谢星巴克保温杯，是它，为我们点亮了共振的心灯。

在这之后的拍戏生活中，我和阿骄还真"黏"上了。在外人看来，我们虽是两代人，但却像极了现实版的模范婆媳。

我请阿娇吃橘子味儿的巧克力。她笑，说"味道好特别，让人吃了有想去巴厘岛晒太阳的冲动。"

我说："这巧克力正是来自巴厘岛啊。"

我们不约而同地举起星巴克保温杯，击杯相笑。

阿娇有很多影迷，更有不少隔三岔五给她寄送"最前卫"礼品的"阳光铁粉"。在和阿娇相处的日子里，基于阿娇的大方，有些好吃的礼物正是被我消化掉了的。说露了"天机"，"娇迷"们不要骂我哦！

我的戏结束得早，离开剧组酒店的时候，阿娇正在拍戏。前台服务员交给我一只星巴克礼袋。我打开一看，是阿娇给我买的星巴克杯子，杯子上的小美人图像极了这个小精灵！还有一盒橘子味巧克力。礼袋里还有张小纸条。上面写道："能让我们相识、相交的不是拍戏，而是星巴克这个大'媒婆'。为了感恩，咱还是要买杯的！"

8. COFFEE
有品的女人也可以很任性

有品的女人应该是什么样儿的？这个问题真是公说一套，婆说一套，向来没有绝对公允的标准。就像萝卜青菜各有所爱一样。

就说我自己，演艺生涯中天南地北地跑，塑造过的不少女性形象，除容嬷嬷外，绝大多数人物都是我很欣赏的。因为她们都很有品！实在要追着我唯能选一种，那么我可能会择小家碧玉的淑女型为上选。

有人说，影视艺术归影视艺术，影视艺术打造出来的形象是为了迎合大众的审美趣味，这种形象和现实生活中的"有品"还是有距离的。这话并不准确。比如《皇嫂田桂花》中我饰演的田桂花，性格爽朗，行为有点任性，像极了现实生活中我的一位好朋友伟严。她们最大的共同点有二，一是都很随性，二是都很有品！

伟严是女企业家，从事服装设计行业，我俩有共同的文学爱好，生日也只差两天，结交20多年来常常在一起过生日。伟严并非理想中的小家碧玉，不过她的"生意经"听起来很特别："我做生意不'黑'人，'黑'人会让自己也不安，也等于'黑'了自己。"多么有品！

伟严的任性表现在说话不过分拘礼，想啥说啥。这样难免会让人难堪。

不要把梦带进棺材，美梦并不仅仅属于年轻人，而是属于活着想做事情的人。

有一次伟严约我和几位朋友在一个很好的地方喝下午茶，大家聊起人到中年的爱情，伟严突然问我："你的爱人还能跟你一起坐上飞往巴厘岛的飞机？这得符合四个前提条件，第一有没有空，第二有没有钱，第三有没有心情，第四身体怎么样。"

我脸有点羞红了，真不知如何回答是好。因为我自知，她说的条件我好像很难同时达到。好在伟严没有追问，要不我还真生气了。

过了些天，伟严给我来电话，"卓子，我在登机，我要跟我爱的人一起去巴厘岛。我还要来次裸泳！"

什么？裸泳！我的天啊，这个女人！她竟然真的去做了！

伟严回来后，我带着纠结问她真的裸泳了吗？

"嗯，第二天就去了。我要感受那里的水是什么样子，这种体验真的很美妙，返回时还真有点难舍。"

我能想象，巴厘岛的阳光照耀，她像一条美人鱼金光闪闪，在水里自由来去。真是太让人羡慕了。看来，做女人并非都要小家碧玉，适时地有点放纵，有点任性，也无伤大雅。伟严告诉我，真正去到巴厘岛才懂得阳光、海水和蓝天多么可爱，别说四个条件，哪怕更多的现实条件，都比不上彼此心里有爱。

伟严还为我带回了巴厘岛的巧克力，橘子味儿的。我没有尝试过橘子味儿的巧克力，可一入口就被那种清新而又浓郁的口感征服了。当时我在无锡拍戏，我就把这盒巴厘岛巧克力拿给剧组里的小精灵阿娇分享了。

我从伟严的巴厘岛之行得到了一种启示。普通生活中周而复始的平淡，是关不住人对新奇的向往的。有向往就是有品。女人的任性，有时也是一种忘却，有时也是一种发现，更是对品的追逐。假如你对现状有所厌倦，建议你像伟严那样，去尝试新的生活！别样滋味在现实生活中是存在的，只要你抛去陈规，冲出世俗去做，你就有可能尝到！

不要把梦带进棺材，美梦并不仅仅属于年轻人，而是属于活着想做事情的人。

清青－卓见

34

9. COFFEE

安度更年期

女人一生必受的难有多少次？这好像是不该泛问的问题，因为只有"人过不惑"的中老年女人，才不会漏过亲历的那段喜怒无常的艰难岁月，若是没有到这个岁数，没有深切的体会，给出的答案是不会完整的。而我就是可以回答这个问题的女人。我的答案中有一"期"叫更年期！

更年期是50岁左右的女人必过的一关，谁都躲不开！

更年期的女人自己烦然后烦他人，有时候烦到自己都不认识自己了，更何况别人呢？不是亲人朋友不宽容不智慧，是真的谁也帮不了你。要解决这个问题，唯一的办法，那就是靠自己调节。

我走出更年期花的时间不长，要我介绍经验吗？我只能给出两个感谢：一是感谢我的职业，二是感谢星巴克。

在几十年的演艺生涯中，我有幸能够与上百个鲜活的有生命力的角色相遇，我成为她们，体味悲欢离合的人生百态，如此丰厚的经历和感受，一方面塑造了强大的内心自控力量，另一方面，可能我们做演员的都有个共同点：擅长客观看待自己，习惯观察自己跟对手、跟周围环境的关系的转换与延伸，潜藏在内心的情绪也更容易代入角色发泄和排解出去。这恐怕是与其他行业不一样的地方。直到更年期悄悄地"爬"进我的身心，我还自当是剧

不要把梦带进棺材，美梦并不仅仅属于年轻人，而是属于活着想做事情的人。

本的角色让我演投入了呢。

当然，我的更年期也不是完全安然过渡的。在自然规律这件事上，每个人都是一样，再怎么样挽留，都无法阻挡岁月的一路向前。确实那段时间出汗、敏感，莫名其妙对周围的人或事情不满，常常会对工作生活中的琐事"腾"地就是一顿无名火，让身边的人无所适从，有好些人一见我就远远躲开，生怕"无辜躺枪"。当时感觉真是眼前这大坎儿过不去了，我这么开朗的人甚至都想到过死，我给自己的"死"设计得还很周全，化什么妆着什么粉底，抹什么颜色的口红。现在想起来挺可乐的。

我还找医生开过些疏肝理气、调节内分泌、安稳情绪的中、西药方。结果管不管用另说，每天看到这些药，再加上针对老年综合症配服的各种药，堆满桌子、抽屉、梳妆台，床头柜。我服了几剂，不但不见痊愈，而且脾气更见长，我烦得都想放弃治疗了。

后来我想，我不是在拍戏吗？试着进入角色吧，也许可以从中把情绪转嫁出去。我又请教了好朋友瑜伽迷罗大师，大师赞同我的做法，并建议我晨练一些简单的静瑜伽。效果果然不错！

至于星巴克，我也得感谢。在我更年期里，我曾约好朋友成捷导演在星巴克见面。成捷跟我差不多岁数。我照常要了拿铁，她给自己要了一杯新鲜的当日咖啡，没有加糖。她说："咖啡本身是碱性，加了牛奶和糖就变成了酸性。我们这个岁数的女人体内的酸性激增，如果遇上更年期，就会加剧情绪的不稳定，希望你以后也喝纯咖啡！"

成捷还给了我很多生活的"小贴士"。她说，美国医生建议在更年期前后徘徊的女人每天喝一到两杯黑咖啡，少量的奶可以，这么做不但可以健心，而且对控制血压有帮助。"另外，卓子你知道吗，有数据表明适当喝咖啡对减少乳腺癌的发病有效。"

成捷的一番话让我很惊讶，咖啡真的这么神妙吗？

"先不论咖啡是不是真的有那么神奇的功效，起码你今儿坐在这里喝咖啡心情很好吧，心情好，身上哪儿不舒服就舒缓一半儿了吧，你还想自己正受着更年期的百般折磨吗？"

对啊，就是这样的！只要推开星巴克的门，闻到浓浓的咖啡香味，我整个人就会立刻温暖放松下来，所有的烦恼不安好像都被关在了门外面。听着永远那么合适的音乐，握着手心熟悉的温度，每个毛孔都像是被安抚到了一般。虽然英文歌词听不懂，最爱的蓝莓芝士蛋糕最近也改成了苹果派，但头不晕了，心情也舒服多了。故此借用现代网络语调侃一下吧：更年期神马的，浮云，浮云！

除更年期的困扰，随着身体零件的老化，各种中老年综合病症也摸上门来，这是谁也无法抗拒的，因此也增加了人们的心理负担。我不是医生，但我却要以我的亲身体验，告诉同辈这么一个心得：当你觉得疲劳、心脏不舒服、血压升高、头发晕时，请不必惊慌，这很可能不是身体出了问题，而是你的情绪问题。那么试着让自己平静下来，去星巴克喝杯不加糖的纯咖啡，听些抒情的钢琴和弦乐古曲，然后身心放松，回家又是美丽新世界！

当然，咖啡不是药，真有病该吃药还得按时吃。

Part 1 星 粉　　37

不要把梦带进棺材，美梦并不仅仅属于年轻人，而是属于活着想做事情的人。

10. COFFEE

一只杯子，一分快乐

我特别享受打开礼盒这个过程，甚至礼物的贵重与否都不重要，重要的是我收到礼物时的那份欢悦的心情。就好比一个员工受到领导的表彰，随表彰发给的奖励金多少不重要，重要的是工作业绩受到肯定一样。不知道是不是大家都有跟我一样的感受？

大概是因为我们这代人没有什么关于节日或者仪式的记忆吧，现在大家物质条件都丰富了，很多人都会有或多或少的补偿一下自己、满足一下自己的愿望。我就是如此：每当工作累了，每当取得一点成绩，每当遇到值得记住的日子，若是没有收到朋友馈赠的礼物，我就会去星巴克给自己"淘"个礼物回来"疼"一下自己。

不曾料想这样的期许有时也难以遂愿！

那是在2006年的圣诞节前夜，我要出门去外地拍戏，当时心里有点不太愿意，谁不想与家人团聚，感受节日的喜乐气氛啊？！丈夫为了哄我高兴，就陪我去星巴克"调心情"。刚进门店，我一眼就看上了柜台上摆放着的一个红白相间的保温杯。那个颜色太有喜感，太有圣诞节喻义了。我喜欢极了，遂向柜台求购。可是服务生告诉我，这只杯子现在店里只有一个，并且已经被人预定好，我若想要的话，也只能第二天早晨来取。

我说我马上就要出发去外地，能不能先卖给我？

服务生大概认出我了，可他还是坚持："实在抱歉。"他的严谨的工作作风体现了星巴克服务的本质。

当时我真的快哭了。丈夫扯着我要走："不就是一只杯子嘛，家里的星

不要把梦带进棺材，美梦并不仅仅属于年轻人，而是属于活着想做事情的人。

巴克杯子多得都快成灾了，你还接二连三地买，将来往哪放啊？"

"我就喜欢！就买，这是我的爱好！"我开始耍赖。

"您这不叫爱好，叫偏执好吗，我看你都快成偏执狂了。"丈夫有点哭笑不得。

"偏执狂？"丈夫此一言，勾起了我对小时的回忆。我出生在一个普通家庭，那时家里经济并不富裕，根本没有容我偏执的物质条件，也不是我想要什么就一定能要到什么的，至于礼物，那就更是生活的奢侈品，想都不敢想。那么丈夫说我"偏执狂"又是怎么来的呢？这大概正是因为现在的物质条件具备了，人的欲求容易被满足的缘故吧。

我继续用偏执维护我的偏执。我对丈夫说："请你原谅一位偏执

狂患者对星巴克的喜爱和偏执吧。没有这个礼物，我就等于没过圣诞节，而且会很失望的，失望得宁可不去拍戏，把机票撕掉算了。"我嘴里说着，心里还悄悄地骂自己，这怎么是耍赖，简直是泼皮（无赖）嘛！

丈夫看我很着急的样子直乐，很无奈。后来我也无奈地让了一步，愿意等到明天再来取。丈夫就请服务生帮我们再订一个，并吩咐要装进精美礼盒。

回家的路上，丈夫问我："你还记得自己打开的第一份礼物是什么吗？"

"是一本绿色相册，爸爸妈妈送给我的。"我一口就回答出来了。

那是我20岁那年刚考进营口文工团。爸爸妈妈从老家坐着运水泥的大卡车来看我，颠簸一路，就是为了给我送来一份礼物。我打开一看，是一本绿色相册，我高兴得欢呼雀跃。相册扉页有一句话我现在还记得："卓儿，今天是你20岁的生日。祝你在文艺圈健康成长，将来为老百姓多演好戏！"

虽然是一句很平实的话，我能感觉到他们对我

不要把梦带进棺材，美梦并不仅仅属于年轻人，而是属于活着想做事情的人。

的期望。他们的运气还算不错，来营口的第二天，就逢得文工团的一场观摩演出。初次登台的我分到的节目比较简单：讲故事。就这么简单的节目，还把参加观摩的妈妈吓着了，我问她怕什么？她说"怕你忘了词儿。"爸爸却很兴高采烈，说他很为我骄傲！

爸爸妈妈送给我的礼物也给我带来好运气。它陪伴我走上演员这条道路，直到30岁那年我拿了飞天奖，把获奖照片镶进相册，使得这份纪念更显厚重。爸爸妈妈看了后，都从心里为我高兴！爸爸还逗趣地说："照片里的奖杯不会是金打的吧？捧起来那么沉。"

迄今，这本相册还压在我的箱底，绝不让它染灰尘！

都说女人都有化妆打扮的天分，然而我却对富有纪念意义的礼品情有独钟。丈夫知道我的这种偏好，我在外面拍戏时，他帮我把那个装着极具圣诞喜感保温杯的礼盒从星巴克取回了来，并在电话里称，等我回来自己打开。

我笑了。他懂我，知道我享受亲手打开礼物盒子的乐趣！

我收集了很多星巴克杯子。每一只杯子"来路"都很鲜活，我把它们按照"进门"的年份逐一摆放在礼品柜上，每拿起其中的一只杯子，感觉都是一段缘，一段有趣的人生小传。细数它们，就像打开了我的快乐宝典！

11. COFFEE
嗨，瑞士！

每逢出国，多是和拍戏有关。难得有一次出去不是去拍戏，而是去瑞士旅游。

决定去瑞士也是偶然。那是在2006年，由好朋友孙海英吕丽萍夫妇发起，组织演艺圈十位好朋友一起参加的一次旅游活动。同行还有著名导演黄蜀芹。临行前，丈夫如常为我精心准备了各种旅游必备用品，当然，星巴克的杯子是少不了的。

初到瑞士，就让我感受到一种浓烈的异国艺术的风情。据说瑞士是离上

不要把梦带进棺材，美梦并不仅仅属于年轻人，而是属于活着想做事情的人。

帝最近的国家。看来这话一点不假，瑞士的人文风土简单而深远，纯粹而豪放，每到一处都会有所感动。

我记得最先到达的是莱茵河畔的一座石头城小镇，小镇镇长亲自设宴欢迎远道而来的中国艺术家。天呐，他手里拿着的一只酒樽真可谓奇物：银质雕花，数百年高龄，大如竞技奖杯！我还从来没见过这么奇特的酒樽。镇长斟上小镇居民自酿的葡萄酒，然后举起酒樽，朗诵了一首据说是中国诗人曾经为小镇书写的诗歌！我没听懂他朗诵的诗歌的内容，但他那饱含激情的神态，足够打动在场的每一个人。

这座小镇堪称艺术家的乐园。小镇一直保持着对来自世界各地的艺术家免费食宿的传统。我们也不例外。不仅于此，而且我们还享受了当地最高规格的接待。

镇长朗诵完诗歌意犹未尽，还献了一首歌，然后张开胖胖的双臂，招呼我们喝酒，首先要轮流喝他那酒樽里的酒。大家的情绪瞬间被点燃，谁也不会在意那酒樽是否消毒过，就这么你一口我一口直到喝完。那一刻，我真切地感受到了人与人、心与心从未有过的一种流动。是的，在以往，我还从来没和他人同饮一杯酒的经历，怎么到了这么遥远的地方，只凭一樽酒，打破人和人之间的距离就这么自然呢？嗯，这的确是个值得思考的问题。

再一个让我难忘的记忆是在瑞士国家森林公园。

瑞士跟欧美其他国家一样，公园里一般不提供热水，想喝水的游客只能自带。这时我的星巴克保温杯又显出了它的优势。我带的保温杯是双功能

的，它不仅保温，还保冰。我在酒店房间冰好了小樱桃，出发前装进保温杯里，这样一路随时打开，随时就有酸甜可口的冰镇樱桃吃了！吃完了冰镇小樱桃，遇到山泉水，完全可以直接饮用，再灌满一大杯，边走边喝别提多舒心了！

我们正徜徉于林间步道，突然不知道从哪里闪出四个身材健硕的小伙

不要把梦带进棺材，美梦并不仅仅属于年轻人，而是属于活着想做事情的人。

子，他们清一色地穿着中世纪复古双排扣黑色礼服，白衬衣，黑领结，戴黑色高帽，腰间束上银色铆钉的宽皮带，非常漂亮。小伙子们冲我们走过来，热情地打招呼。

吕丽萍会英语，跟他们"侬里哇啦"说了一通话，一边说还一边回头瞄着我笑。我觉得好像跟我有关系。须臾，吕丽萍回头扯扯我说："他们说你太可爱了，想要抱抱你。"

妈呀，抱我？我不认识他们呀，太吓人了，我丈夫在公开场合都没抱过我。

孙海英凑过来鼓励我，告诉我他们是附近小镇的青年人，这是和游客互动的环节。

我说不行，我太胖了。

小伙子们看我不好意思，先去抱起了孙海英。孙海英哈哈大笑，"你快来吧，太好玩儿了！我给你开个头！"

看他那么开心，我也鼓起勇气，让两个小伙子把我抱起了起来。就在我双脚离地的那一刻，全团人都为我鼓掌。而我自己，则仿佛又回到了童年。

从森林公园出来，孙海英又提议大家到附近的咖啡店歇息。他还专门嘱咐我："到时你鉴赏一下，瑞士的咖啡和星巴克相比如何。"

我当然乐意啦。我知道，能让瑞士人无比骄傲的，除他们优美的自然环境、钟表业、军刀和银行外，还有一样特产也是足够拿出来炫耀的，那就是他们的国饮——瑞士咖啡。

　　瑞士咖啡跟我常常在星巴克喝的拿铁不一样，跟美式咖啡、意大利咖啡也都不一样，瑞士咖啡添加的是瑞士当地的牛奶和蜜糖，所以味道更加浓厚，也更加香甜，连泡沫都是金黄色的。应孙海英的要求，我的回答是这样的："瑞士咖啡优雅、大气；星巴克从容、小资。特期待他们的融合。如果能在国内的星巴克店里品尝到瑞士咖啡，那就再好不过了。"

　　来到因特拉肯，是我们这次瑞士行的最后一站。目标锁定海拔4100米的阿尔卑斯山少女峰。

　　导游提醒我们，少女峰顶会有较大的风雪，一定要准备好防寒服和雪镜。山下阳光普照，风和日丽，我就没太把导游的话放心上，只带了一把星巴克大伞就随队出发了。我认为有这把大伞，既能挡风遮雨，又能当登山拐杖用，足矣。

不要把梦带进棺材，美梦并不仅仅属于年轻人，而是属于活着想做事情的人。

我们乘坐最古老的齿轮火车，向峰顶急驰。火车在爬山的时候，感觉就是在腾云驾雾，非常惬意。我们的眼睛始终都盯着窗外，以期亲证窗外的万千气象。但见小雨渐渐凝结成冰雾，冰雾又渐渐成霜，漫天翻飞变成了雪花，再然后竟然夹杂裹胁着小而坚硬的冰雹，特别奇妙……

在少女峰，果然遇上狂风暴雪，我却热血沸腾，挥舞着大伞孩子般地不停转圈。眼前的景象跟山下完全是两个世界，雄壮巍峨一览众山小的感觉，刷新了我对瑞士的最新认识。此情此景，谁能不激动万分、感慨万千呢？

下山途中，更神奇的事情发生了：随着我们狂喜般的一声声的尖叫，风雪居然突然安静下来，刹那间天空好像被捅了个大窟窿，耀眼的阳光直射山顶，远方挂起了一道彩虹。当时山顶有很多人，来自世界各地，我看到他们也在为这番景致手舞足蹈，欢呼雀跃。是的，人的尖叫也能改变天象，科学幻想家不敢这么写，可是我们却亲历了，当时兴奋得我眼泪巴啦巴啦地往下滚……

下山后孙海英突然问我，你带上山的那把星巴克伞呢？哦，落半山上了。算了，就留给阿尔卑斯山的少女挡风遮雨吧！

12. COFFEE
神奇的 Espresso杯子

西方人喝咖啡，中国人喝茶。人吃五谷杂粮，难免小伤小病。在这一点上，古今中外，男女老少，概莫能外。我算身体好的，年轻时候从来不知道什么是累，连感冒咳嗽都很少，但也不知道从什么时候开始，开始要去看医生。医生告诉你，早上起来要降血压，午餐前要降糖，晚上大概还是要服用些镇静安眠的才能保证比较好的休息。有时候也叛逆，故意不按医生说的

不要把梦带进棺材，美梦并不仅仅属于年轻人，而是属于活着想做事情的人。

做，那可好，身体立刻拉响警报，头晕气短，一会儿心慌一会儿又满头大汗。怎么办？当然还得回到现实，遵医之嘱——喝药，尤其要喝中药调理！

中国人信中医，但中药最大的麻烦就是要煎。现在医院更人性化了，药房把中药代你煎好，你拿回去存在冰箱里，拿出来一热就可服用，十分方便。

可是，中药的味道传承五千年没有变过就是四个字：良药苦口。尤其是好多味中药混合在一起，实在是让人难以入口。反正我每次喝之前都要花好长时间酝酿情绪，做好准备，漱口的白开水，一片面包或者一块糖果，但怎么喝下去是问题的关键。一口闷不行，拿小勺也不行，甚至我还改过用吸管吸，尽量减少与舌头味蕾的接触，同样无法逃避苦味的困扰。总之什么都试过了，什么都不管用，每次喝完中药，药味总要附着在口腔和食道里。

有时候这种挥之不去的味道，会让我联想到痛苦，联想到孤独，甚至会让我沮丧一整天。直到有一天早晨，不经意间看到书房架子上的一个星巴克Espresso（浓缩咖啡）杯子后，我对喝中药不再恐惧。

这个小小的杯子，是喝浓缩咖啡的。我记得是在上海新天地那家星巴克门店买的。坐在这家门店靠窗处，能看见石库门弄堂里蜿蜒的小石子路，连接起西洋派的建筑，坐在临界的桌子喝杯咖啡看邻座往来，文青白领，各具情态。中国人外国人，恋爱的失恋的，签合同的拆伙儿的，因为情境的不同，每个人的表情、神态、肢体动作都不相同，很有意思。不过有一点却是相通的，来这里消费的，多钟情于浓缩咖啡。

我平时很少喝浓缩咖啡，买下这个Espresso杯子，也只是受当时气氛的影响。买回来后却从来没有使用过，一直摆放在书房的架子上。突然看到它，脑子里闪过一个"激灵"：假如不是中药，而是星巴克一款新的浓缩咖啡，在新天地的街头晒着太阳，我喝起来的感觉会是啥样儿？

我想，那一定会是很享受的！

按照这个阿Q式的情景设定，我就把热腾腾咖啡色中药缓缓倒进Espresso杯子里，伴着一曲美国乡村音乐的节奏，扭动一阵身体，然后品一口Espresso杯子里的中药——太意外了，突然发现，中药居然跟咖啡一样，味道美极了呀！

就这样，一曲音乐终了时，我像喝一杯心仪的咖啡一样，享受完了一杯中药。真不知这是中药的神奇，还是Espresso杯子的神奇？！其实真正的神奇，还是人的自我心理暗示！

生活就像喝中药。你暗示自己在喝药就是在喝药，你暗示自己在喝咖啡就是在喝咖啡。生活也是如此，有心里给自己预留一个美好的容器——把坏情绪、把糟糕的问题装进去，然后设定一个让你内心感觉平安、感觉喜乐的情景，也许可笑、也许自嘲、甚至荒诞，但对解决心理焦虑，一定管用。

不要把梦带进棺材，美梦并不仅仅属于年轻人，而是属于活着想做事情的人。

13. COFFEE
勺子情结

　　不得不说，星巴克门店经营的很多附产品的设计总是那么生动，那些么诱人，有时甚至还会让人想念。我不知道别人是什么样的感受，反正我自己是绝对的"星粉"，比如星巴克里各种各样的勺子，就常常像磁石一样深深地吸住我。方的、椭圆的、瓷的、木头的，有专门用于制作咖啡，有适合用于喝麦片粥的，还有只用于吃冰淇淋的……小小的勺子，不去留心，它就很不起眼，一留心，发现它们每一件都那么实用，那么环保，那么舒服，那么富有情趣！

我承认我对星巴克附产品乃至勺子如此着迷，是有历史渊源的。

那是我16岁下乡时候的事。当时中国的下乡人都把工厂的劳动服当成了时尚，为了"追风"，妈妈特意也给我买了一件四兜的劳动服，下乡后，我又为劳动服做了"全副武装"：左上兜别着团徽，团徽上面是一枚毛主席像章，兜的右上角戳个小洞，时不时地插一支圆珠笔或者钢笔，右上兜装的是一本《语录》；左右下兜，分别装着笔记本和一把勺子。凭这一身行头，招摇于乡间的小路，那就是我——一个16岁"追风少女"的标志了。

我插队的生产队有百十来号劳动力，干农活的时候，午饭由生产队负责。吃饭是每十几人一大桌，不分男女，也不分知青农民。开始时我对这种男女共桌很不适应，特拘谨，手里摸着兜里的小勺，琢磨着吃"大锅饭"的程序。结果饭一端上来，还没等我一个喷嚏打出来，"哗"一下就没有了。这样经历了几次，也饿了几次肚子后，胆儿也"肥"起来了。

我兜里揣着的那把勺子是很结实的红木做的，很漂亮，手感特好。生产队里只有我拥有这样一把小勺，我喜欢吃饭时拿出来在大家面前晃，以释放心中潜藏着的一种莫名的优越感。但让我懊恼的是，从来没有人关注它。后来，我就只好正视它的用途：吃饭时，用它利索地蒯咸菜，利索地扎大饼子，利索地打饭吃。集体食堂的大饼子总是烙不熟，粘牙，也不好消化，有

不要把梦带进棺材，美梦并不仅仅属于年轻人，而是属于活着想做事情的人。

了这把勺子，我就能去盛半碗酱油韭菜末汤，一喝就下去了。

每次吃完饭，我把它洗干净，用手帕一包，又让它回到我手兜里。日复一日，年复一年，我一直小心翼翼地护着它，不仅从不外借，也从不用公共的勺子和筷子。如果要说这是洁癖，那么正是这把小勺纵容了我的这种洁癖。

回城后，和最亲的家人重聚，那把曾陪我度过最艰苦岁月的小勺也完成了它的历史使命，我没舍得扔，把它珍藏了起来。多年后，我试图跟我儿子讲这把勺子的故事，他不太能理解。我丈夫好像对这个话题也不感兴趣，跟他说那把勺子对于我那段历史的意义，他回答，"哦，是吗。"

几十年过去了，这把勺子依然"睡"在我放纪念品的小箱子里，随着时间的推移，我似乎也难得会想起它，在星巴克看到一把和它同一种材料做的勺子，我停住了，同时也勾起了我万千的思绪。

出于对这把勺子别致造型的喜爱，我买下了它。回家后，我摩挲了一阵刻在勺把子上的三角花纹，接着又把箱子里的那把勺子取出来，将它们摆放一起，经过一番比较，分别得出结论：老勺子比新勺子结实，新勺子比老勺子好看。我意犹未尽，竟做出了鬼使神差的举动：把勺子放进我的提包……是我心中的那份勺子情结需要得以延续吗？这还真说不好，好像是，也好像不是，反正出门拍戏经常要面对快餐盒，包里有一把自己的勺还真有用。不过这次带上的就不再是老勺子，而是星巴克版的了，至于老勺子，它还是继续退休吧。

不要把梦带进棺材，美梦并不仅仅属于年轻人，而是属于活着想做事情的人。

再后来，我发现星巴克卖的勺子的品种越来越多，而且款式都很新潮，我的"追勺情结"又Hold不住了。买，买，买！很快，家里的收藏柜又多了一群新成员：星巴克勺！不仅如此，我包里的星巴克勺也跟我穿衣一样，常换常新的。有时候我在剧组用自己的勺子，周围小伙伴们很羡慕，我就答应给他们买。一买就是一打，——送给大家。我不知道，当我把星巴克勺子送给朋友们，他们会不会跟我一样也对勺子发自内心的眷恋？也许我应该自嘲一下：谁像你啊，走哪儿还带把星巴克勺儿？

我把星巴克勺往家里"搬"，再次受到丈夫嘲笑，先是迷星巴克杯子，现在怎么又移情别恋到星巴克勺上了啊？我说不，杯子、勺子我都爱！

丈夫似乎领略到了什么，没再搭话。不久后，他带孩子去俄罗斯边境旅游，给我带回来超级大的彩勺，这是一款饰物，挂在家里墙上，我喜欢极了。我不确定他是不是终于懂得了16岁那把勺子对我的意义？也许是吧，他就是这样一个人，有话，就用行动表现出来。

其实是一把勺子或者别的什么，大概所谓文化，就是一种情感的共鸣吧。之所以对星巴克有感动，我想那是对家、对爱的共鸣。

14. COFFEE
见证小红的成长

　　每逢中国的传统节日，星巴克都会推出一批纪念版的杯子。这很好，这不仅是对中国文化的尊重，同时也是给我一种提示，需要交流情感的特殊时刻，星巴克让我们能够有所寄托、有所表达。作为粉丝，我很感谢有星巴克的陪伴。

　　我有个中秋纪念版的杯子，却一直没舍得用。那只杯子很小，几乎是我所有星巴克杯子里最小的一个，杯底贴着价签是45块钱，可能也是我的藏品中最便宜的一个，但它的来历却很不平凡。

　　杯子是我家小阿姨小红送的。这个在我身边工作了三年之久的农村妮子，刚来我家的时候又黑又瘦。丈夫在家政市场选上她，是因为她带着一副小眼镜，还是个学生的模样。当然事实也是如此，年满18岁，居然家务活几乎什么都不会，连做饭手都生。丈夫说，试着考察几天吧，实在不行再换一个。

　　渐渐地我发现小红其实是个外粗内秀的女孩。

　　有一次我刚从外景场地回来，从包里取出丈夫寄给我的一张话剧节目单放在桌子上，对丈夫说："没能陪你和孩子一起看话剧很遗憾，可是我能想

不要把梦带进棺材，美梦并不仅仅属于年轻人，而是属于活着想做事情的人。

象到你带孩子一起去看话剧时的气息，这几天我一直把你寄给我的这张节目单随身带着，化妆时还拿出来看看，就像看到你们一样，特亲切。"

丈夫并没有做出感动的反应。他哈哈大笑，"一张破纸你留它干嘛呀"，随手把节目单给撕了。

我的心一下子就凉了，然后开始流眼泪，我觉得特别委屈，我觉得他根本就不懂我，我甚至觉得自己结错了婚。然后就再也控制不住地大哭，我想马上就走，马上离开这个家。

可是转念又想到了孩子。为了孩子，我想这一切我都能忍。哭着哭着，也就睡着了。怎么都没想到的是，第二天太阳出来的时候，餐桌上除了早餐，还有一张完整的节目单。天哪，什么情况这是？！

后来才知道，原来是新来的小阿姨小红看到我为被撕成两半的节目单而生气，就悄悄地从纸篓里捡起来，用细细的透明胶条粘上，完好如初地放在一早就能看见的地方——我一把将她搂进怀里，感激得一句话也说不出来。

小红是个苦孩子。用她自己的话说，一辈子没有好好地照过一次相，"我家上墙的照片都是我哥的。有一张有我，但只是在旁边露了半张脸，为此，没少被家里人调侃。"

听她这番话，我就更加心疼这个女孩子。我要给她拍照片。开始她死活不肯，她不照，她胆小，不敢接受。我说孩子你千万别这样，属于你的一切都才刚刚开始。9月23号是她的生日，那天我给她买了蛋糕和18朵粉色的康乃馨。小红第一次对着镜头笑了。

　　小红很快学会了照顾我的生活，还跟我去了很多地方，拍了好几百张照片，还有VCD，青春期女孩的气质显了出来，皮肤也丰润起来。和我一起走在街上，不知其所以然的人还以为什么时候冒出个女儿呢。

　　非典期间，社会谣言四起，小红的父母亲很不放心，再三催促她离开北京，对此我很理解，也同意她回老家。可是小红推推小眼镜说："阿姨，越是在这样的时候，我越要跟你在一起。我回去他们放心了我不放心，那该怎么办啊？"我听了非常感动，多么有情有义的小姑娘啊！

　　非典过后，我把小红的妈妈青枝接到北京玩了半个月，好吃好住好玩，今天去天安门拍照片，明天去逛逛香山，后天再看看颐和园。这位农民老姐妹拉紧我的手，说小红遇到你，真是她的福气。我说，你给了她生命，这是我无法替代的，小红以后是咱们两个的孩子。到现在，我们还会通电话，并

不要把梦带进棺材，美梦并不仅仅属于年轻人，而是属于活着想做事情的人。

以姐妹相称。

有一年中秋节，从来不单独外出的小红却向我请两个小时的假，虽然我觉得有点奇怪，但一想这么大的女孩子有点自己的事也是正常的，在确认她知道来回路线后，我提醒她注意安全。

两个小时以后，小红回来了，满头大汗递到我手上一个星巴克杯子。原来小红请假，是要去给我买中秋节的礼物！

我很庆幸可以见证小红的成长。从生活细节开始改变，怎么吃饭不要有声音，走路要有优雅感，怎么待人接物，怎么运用迎言送语。后来小红很爱接听电话，每次接听完毕，她都要问我，阿姨我这次得几分？比如我说三分，刚及格，哪句话你该说或者不该说——就这样，一点点教，一点点培养。三年后，年满21岁的小红已经不再是那个神色慌乱、不知所措的女孩了。她落落大方，懂得爱，懂得表达爱。我还能说什么呢，这个小杯子装起的不是浓缩咖啡，而是原本两个陌生人朝夕相处日久而生的亲情。

小红过完21岁的生日，我觉得应该让她换个环境，于是把她推荐给了好朋友于茜曼。让我倍感欣慰的是，这位农村姑娘在短短的一年时间里就创造了500万元的电话销售业绩，这个数字远远超出工作室其他大学毕业生同事，连茜曼都不得不承认，我推荐小红没有错。

现在小红结婚了，我们只是有时候会打电话。不过，她送给我的星巴克小杯子一直在我身边，每逢中秋节，我都会拿出来看看，心里充满了对小红的祝福，对小红一家人的祝福。

15. COFFEE

遇和缘

　　我所收藏的星巴克杯，都按年份进行了编号。其中8号杯，是我演艺生涯中最有纪念价值的杯子。杯子不是我自己买的，是电影《暴走妈妈》导演的好朋友郑总送给我的。

　　·郑总是深圳的一位企业家。他常年在美国洛杉矶工作，除了自己的事业，私下对很多领域都颇有研究，他是一个热爱生活的男人。就在我们电影开拍的头天晚上，导演带我们来到了郑总的深圳会所。这是一间高雅、奢华的现代派会所。我们吃的都是改良版的潮州菜，餐具是那种用高档银制作出来的，很像艺术品。在餐具旁都配有一只精致的小蜡烛。会所正中央有一架极美的白色台式钢琴。郑总请会所的周老师给我们弹一首舒伯特的《小夜曲》。袅袅琴音，橘色烛光，醇香红酒，名色点心，还有前来捧场的客

不要把梦带进棺材，美梦并不仅仅属于年轻人，而是属于活着想做事情的人。

人……那种温馨的气氛，至今回忆起来都觉得特别的美好。

那晚，去郑总会所的除了我，还有导演高博、制片人和快乐女声黄英。我们在这里高谈阔论，肆意大笑，像一家人一样。郑总知道我即将要出演电影《暴走妈妈》里的妈妈，很感动，希望我可以尽全力地做好。因为他知道影片主人公的原型伟大事迹。

《暴走妈妈》中的人物原型，是2009年感动中国人物的典范，叫陈玉蓉。一位年过半百的老母亲，因为儿子叶海斌肝硬化亟须进行肝移植手术，她决定捐肝救子。但是肝移植前夕，被查出重度脂肪肝，不能手术。至此之后，玉蓉就开始了近乎残酷的每天10公里的"暴走减肥"，每天只吃半个拳头大小的馒头，经过7个月的暴走锻炼，磨破了4双鞋。最后不仅治好了自己的重度脂肪肝，也为儿子赢得了第二次生命。她也因这段母爱佳话而被坊间称为"暴走妈妈"。

人类可用于体现母爱伟大的素材有很多，用匆匆暴走的脚步丈量这种伟大——只是其中的一种。基于某种程度的感同身受，每每想起这位年迈的老母亲，我的心里就特别的难受和心疼。那天我在和郑总交谈中说，影片中母亲的角色是我主动请缨来的，因为我身上就有这位母亲的元素。

郑总很认真地听我说话，并频频点头表示赞许。他喝完红酒又喝咖啡。对我这样的"咖啡控"来说算是找到知己了。借着咖啡的兴致，我们又交流了很多。我向他说起我和星巴克的渊源，并说要写一本关于星巴克的书。郑重表示很期待，并告诉我他这里有一个宝贝，我见到一定会为之尖叫。随后他把我带到楼上——他的私人博物馆，从陈列室里取出一只有点发暗的咖啡杯子，显然是"准古董"级别。我拿在手里仔细端详一会儿，看到了"人鱼姑娘"的图案。随即郑总向我娓娓道来关于"她"的故事。

这是星巴克门店的第一只杯子。星巴克的发祥地不是在洛杉矶，而是在西雅图，第一只咖啡杯子的标志和现在也不一样，没有华美的衣裳，但却已是出落得美丽大方。郑总说完就要将这只杯子赠送给我，当时不知是不是喝了些红酒的缘故，我竟潸然泪下。

带着郑总对我的深深祝福和人鱼姑娘的默默支持，第二天我早早地来到片场工作，一干就是19个小时。之后片场地辗转反复，从深圳拍到广西巴马。每天长时间的拍戏，回到酒店已是疲惫不堪，但见到人鱼姑娘，心情顿时清畅了许多，我想这就是人鱼姑娘的魅力所在吧。后来再次见到郑总时，正是2012年《暴走妈妈》在上海获得国际电影节传媒大奖之际。我自己也获得了影后奖。

再后来有一次我去深圳做节目，得知郑总恰好也在深圳的消息，我就去看望他。郑总知道我们拍的电影《暴走妈妈》揽获了国内外好些个奖项，这次要去纽约参加中国电影节，特为我们高兴。他说："母爱是全球的，她一定会祝福你们走到世界的每个角落。"

之后又像上次一样从私人博物馆中取出一件礼物赠送给我，说是为"暴走妈妈"加油打气，这次送的还是星巴克杯子，图案不是人鱼姑娘，是一只晕染得很漂亮的牡丹花。我想着回家要是把这只杯子与人鱼姑娘放在一起，

不要把梦带进棺材，美梦并不仅仅属于年轻人，而是属于活着想做事情的人。

有了牡丹花的衬托，姑娘会越发的美艳动人，美滋滋地在那里傻乐。

在纽约中国电影节，我如郑总所愿地获得了亚洲最受欢迎女演员奖。我高兴地给郑总打电话，这时郑总正好已回到洛杉矶，他非常高兴，特邀请我们剧组的人去洛杉矶做客。为了招待我们，郑总还特意延迟了自己的工作日程安排，带我们去游览黄金海岸。

但见岸边布满各种小商店，在海滩上活动的人们都十分"忙碌"，他们当中有穿着旱冰鞋、玩滚轮的年轻小伙，有孤芳自赏的吉他手、街头艺人，也有在海里乘风破浪的冲浪者，更有一只只海鸟在海滩上不停地来回玩耍。

尖叫声不断，嬉笑声不断，所有人的表情都是那样的轻松，那样的从容，那样的唯美，我们徜徉其间，好似来到了人间仙境。我兴致勃勃地煽动："我们当然不是来参观的，而是来参与的，大家说是吗？"

大家立即呼啦地响应，接着是一阵不成体统的疯玩，没有分寸的狂拍。彼时，真实体验到了什么叫"道统滚一边"，什么叫"忘了归程"。

直到夜幕徐徐降临，随着夕阳余晖的反照，海平面渐渐现出了金黄色。天色不早了，是时候该离开了。然而就在郑总带我们离开之际，我还三步两回头，真心有点难舍。我想该给洛杉矶黄金海岸说点什么。是啊，说什么呢？

——洛杉矶黄金海岸，你是大自然馈赠人类的一份厚礼，有情的人们来到这里，不仅能够体验到不尽的快乐，更可以拾起平素生活里难以寻觅的精神填充。我和你只是一阵的缘，你却让我对你多了一份永久的依恋！

……

离开洛杉矶之际，我和高博导演一起去回访郑总。这时郑总才向我们坦言，和剧组结缘，并且一直在关注，不为别的，全然是为《暴走妈妈》的原型的事迹所感动。我能说什么呢？还是回一句吧："我为你的感动而感动。"我们相视而笑。之后，我们又互送了礼物。我和高博送给郑总的虽然都是杯子，但用途却不同，高博送出的是一套茶具，而我依然是星巴克杯，图案是联合国的邮票。

郑总送的礼物是意大利的盘子，图案是油画素描——苹果。我不太懂油画，所以也没资格评价那苹果好看在哪里，但我还是很喜欢。

喜欢从来都不会去追溯到底是为什么。喜欢是一种发自人心里的原始本能，与其他无关。亦如我对我的8号杯——人鱼姑娘——的那份偏爱。

不要把梦带进棺材，美梦并不仅仅属于年轻人，而是属于活着想做事情的人。

16.
随身带只绿杯子

　　我特别喜欢绿色，让人放松，清新，充满活力。我和星巴克结缘，和它的主题色是绿色有一定的关系。星巴克的绿像森林，总是会让人把它和生命连在一起做无限的想象。有次经过上海机场星巴克门店，随手拿起一只绿色新杯子问店里服务员："这只新杯子有什么特殊含义吗？"

服务员虽是男生，但那文雅举止毫不逊于秀色可餐的女孩。他很耐心地告诉我，星巴克提出"共爱地球"的口号，从自身做起，提出人人参与环保，"您以后来星巴克，如果使用自己带的杯子，每杯咖啡会自动给您减两块钱。"

哦天哪！那还等什么？我数学不太好，可是这种简单的账还是算得清楚的：全世界几千家星巴克门店，一天卖多少杯咖啡啊，一杯咖啡减两块钱，真真是个不小的数字。星巴克鼓励大家增强环保意识，真是肯花真金白银啊！这样的好事情，我当然要支持。

"小伙子，阿姨要买这个绿杯子，下次来星巴克喝咖啡自己带杯子，一次性杯子不环保。"

小伙子立即纠正："阿姨，星巴克的纸杯是100%可重复利用或回收利用的，而且不但对消费者，公司还鼓励农民种咖啡时不能野蛮砍伐原始森林，从一开始就做到尽可能保护环境，不给自然增添负担。"

原来是这样！我猜这个小伙子虽然身为星巴克店员，但自己应该也很爱星巴克，他非常了解星巴克企业文化，并且为自己能成为星巴克一员而骄傲。而我作为星巴克粉丝，对星巴克的环保理念的了解如此之少，想想也真是惭愧。

不得不承认，我的环保意识其实就是中国人整体对环保意识的缩影——零起步！从"温饱为大"的年代走过来的人都知道，中国人也就是最近十几年，随着生活条件的改善，才渐渐有了环保的意识，以前，这个意识简直就

不要把梦带进棺材，美梦并不仅仅属于年轻人，而是属于活着想做事情的人。

是奢侈品。

西方国家很早就形成了环保的自觉。也就是十几年前的事，环保意识淡薄的我在美国拍戏时就遭遇了一次人生中最难忘的尴尬。

那天的场景是海边的森林，一早我搭助理海瑞森的汽车，去往拍摄现场。车行在路上，微风吹拂我的脸，好一阵惬意，我忍不住想哼两句《音乐之声》。"噗——"我把含在嘴里的口香糖吐出了窗外。

嘎！海瑞森踩住刹车，车滑行几米后在路边停了下来。老头急速地下车，一边比划着一边往回跑，说是要找到刚才我吐的那块口香糖。

什么情况？不就一块口香糖吗，至于如此吗？我当时很疑惑。

海瑞森做了个很标准的美国版耸耸肩，然后用很蹩脚的中文向我解释他的意思，口香糖也许会粘住路过的蚂蚁，也许会粘住正在开花的花瓣，最糟糕的是，在没有采用化学措施的前提下，口香糖很难自己降解。也就是说，多年以后，这块口香糖还会留在原地。如果每个人都随地吐一块口香糖，那么再好的自然环境也会变成垃圾场。

"太可怕了！"听完海瑞森的一番话，我羞愧地低下了头，下车跟海瑞森一起寻找吐出来的口香糖。可惜我们没有找到那块小垃圾。但这件事情深深地印在了我的心里，之后很长一段时间里不愿意碰口香糖，因为心里有阴影。

事也巧，口香糖事情刚过没多久，我就应邀参加中央电视台的一次公益宣传活动。活动的主题和环保有关。这次活动树了个典型：易妈妈。

　　易妈妈和她丈夫在上海开一家公司，儿子在日本留学后就留在日本工作。有一次易妈妈两口子前往日本看儿子，孰料刚到日本，儿子出门遭遇车祸身亡，夫妇俩悲痛欲绝。回国后，她想起儿子生前的心愿："日本绿化做得真好，空气很清新。等我赚了钱，一定要回中国种树，种很多很多树，让我们国家的空气好起来，让中国人更好更健康地生活。"

　　易妈妈和丈夫商量后，决定尽自己之所能，圆儿子的心愿，于是他们一边搞企业，一边将赚来的钱换成树苗，从2004年在塔敏查干沙漠种下第一棵，10年后他们完成了植树10000亩的壮举，真真地把死亡之海塔敏查干变

不要把梦带进棺材，美梦并不仅仅属于年轻人，而是属于活着想做事情的人。

成了"沙漠绿州"……

易妈妈的故事对我触动很大。她只比我大一岁，但她做的事情让我敬仰。能不能像她那样伟大，我自问并没有把握。我跟自己说，那么，就从我能做的环保做起吧。

我一直想做个谈话节目叫"想哪说哪"。比如全球熄灯1小时主题，我会延伸开去，能不能有多一些的熄灯日。比如举办烛光晚餐节，让这种活动跨跃浪漫的群体，烛光晚餐可以做给身边的每个亲人朋友，即使搞不出"节"来，算算你的父母、公婆、孩子、邻居，每年生日、纪念日，或者重要的一天，拿出来准备一次烛光晚餐，执行一次熄灯1小时，那么不但你的喜乐多了，环保的意识也增强了，平平淡淡的日子也能过得更有意义。

常听人们说一件有意义的事能改变一个人。而我，经历了三件事：一次听星巴克服务员的环保宣传，一次口香糖尴尬，一次被易妈妈感动，足矣！以至最近出门我都发现了自己的变化：随身必带"星两样"：一是星巴克勺；一是星巴克绿杯子。当然，有时还带个木质碗。它们的用途和意义我想我不用再描述了。

星巴克的绿杯子我用了很长时间，我的星享卡也从原来的普通会员卡升级到了金卡。现在我对星巴克的主题绿有了全新的理解。我想，这种绿，代表的是环保，代表的是自然，代表的是绵延不息的生命！

1. COFFEE
纯朴的小荣

大多数演员习惯把拍过的戏作为特定时间的坐标。记忆中的人或事，总是会自觉不自觉地对应到，"这是拍哪部戏哪部戏的时候……"而我除此之外，还多一种坐标——每当拿起家里某个星巴克杯子，就会想起某个剧组的某段故事。

比如我有个白色中间有条黑腰带的星巴克杯子，用得很旧，杯里攒起厚厚的茶锈，保温盖也坏了。可每每看到它，脑子里就是电视剧《别拿豆包不当干粮》，这部戏跟潘长江演俩口子，我记得首播是在中央八台，据说取得过相当高的收视率。当时我在"豆包"剧组，带的就是这个现在看起来模样有点狼狈的星巴克杯子。

《别拿豆包不当干粮》拍得很快乐。只可惜这部戏

的导演丁霄汉现在已经不在了，而潘长江早就是全国观众家喻户晓的喜剧明星了。应该说他长得并不帅，而且个子还那么矮，可是他还是那么受观众喜爱，这是为什么呢？是因为他对工作的敬业，对剧本的专注，以及演绎剧中角色的那种特有的天分。潘长江演小豆包村的村长，我演村长媳妇，因为剧组外景地选在山西皇城相府，我就把我家小阿姨小荣带去了。

小荣在来我家之前一直在山西老家务农，特纯朴。我带着她，一方面是让她见见世面，另一方面当然是为了我自己的方便。除此没其他想法。

小荣一进剧组，丁导就说："你家小阿姨不用化妆，她就是现成的山西农民形象。"没过几天，丁导就来问我，能不能把你家阿姨小荣"借"给剧组当主要群众演员？当时我没敢直接答应，可心里一百个认同，小荣本色就是山西农民，天生就直来直去的性格，剧中山西农妇的角色，她应该可以胜任！

果然，小荣也愉快地答应了剧组的邀请。

从那以后，我每天拍戏就带着阿姨小荣。她不仅是我的生活助理，也是我戏里的同乡村民。小荣在镜头前比我预想的还要松弛和自然，导演给她的

Part 2 演员

不要把梦带进棺材，美梦并不仅仅属于年轻人，而是属于活着想做事情的人。

角色还挺重要，有不少台词，还有个专业剧团的演员扮演她的丈夫，有些情节小荣的戏份比我还多呢。

现实中的我也是个闲不住的人。逢得没戏的间歇，我就抱着那个白色黑腰带的星巴克保温杯，今天装点茶，明天装碗粥。大家开玩笑说，要是今天没有方老师的戏，方老师就给小荣当助理。还真是。

小荣演戏很投入，也很直接。她根本不看镜头，只管演。她演的就是她自己。有一段她跟丈夫的情感戏，镜头还没到，她情绪已经到痛哭流涕了，根本不知道机器什么时候对着她。

小荣的现实生活其实很坎坷。她的婚姻是不幸的，跟丈夫离婚以后，倔强的她至今没有嫁人，一个人带着幼小的孩子生活。出来做阿姨，完全是因为生活所迫。这些她自己很少讲，跟我也只有很少的片言只语。但在戏里，小荣却慷慨地表达和释放着她内心的情感，将山西农民醇厚的性格演绎得非常到位。这一点实在是难能可贵。由衷地为她高兴。

小荣没读过多少书，也没多少见识，但却是个知冷知热的妇女。在家里，我的情绪总是能调动她相应的行为反应，尤其是我疲惫的时候，她就会主动地揉揉我的肩，敲敲我的腿，虽然手法很业余，但那份温情却暖在我的心里。不过让我有点受不了的还是小荣的多愁善感，她的泪点和笑点比谁都低，笑声来得快，眼泪来得更快。用我丈夫的话讲："别看你是演员，小荣在家的戏份比你还足。"

《豆包》的戏安排得很密集，前后拍了三个多月，每天早起晚归的作息时间对我来讲不是事儿，但对于小荣来说，确实是个挑战。这可不比在家里，到点儿吃饭睡觉，也没有风吹日晒。我担心小荣在剧组时间待长了会受不了。可是她的表现证明我的担心是多余的。你看她，不仅从来不喊一声苦，而且还很活泛，拍戏间隙还热热闹闹找演员、找工作人员各种合影拍照片，哪个部门需要搭把手从来都是第一个往上冲。小荣全身上下洋溢着的那份快乐，时刻都在感染着周围所有的人。

拍戏工作结束了。最终，小荣的名字跟我一样，出现在了演员表上，并且还拿到了不菲的演出费。她激动地说，"姐啊，没有你我哪敢想，做梦也想不到自己突然变演员了，而且还能赚到钱，我把钱都给你吧。"看我在一边笑，她又改说："要不，我给你一半行吗？"

我仍在笑，其实更多的是感动和

不要把梦带进棺材，美梦并不仅仅属于年轻人，而是属于活着想做事情的人。

心疼。我问她："要不要给剧中的丈夫买点什么做纪念啊？"我看得出来，她喜欢戏里的那个"丈夫"。

小荣红了下脸，叹了口气，说死了这个心，断了这个肠子，留了电话但是她永远不会打的。再问，没话了。

几年以后，小荣离开我家回到了山西。因为演过《别拿豆包不当干粮》，还成了当地的小名人。勤劳的小荣自食其力，在太原开了一家月嫂培训班，听说还得到山西省保姆大赛三等奖，太原市月嫂一等奖。小荣常常给我打电话，嘘寒问暖，还嘱咐我说若需要阿姨打个招呼，她免费送上门。每逢金秋季节，还给我寄山西大枣和麻布。

前些日子小荣在电话里突然问起我的那只白色黑腰带的保温杯，她说："姐，咱拍戏时你用的那只杯子还在用吗？太旧了，下次我去北京，送你一个新的。"

我告诉她："那只保温杯盖子和杯胆都坏了，星巴克店修不了，只好让它退役了，不过它已经有了继任者，你还记得它，这让我很感动，谢谢你的关心。"

这就是小荣，纯朴的小荣。

小荣和我分别尚且还能隔空交流，而退役的那只杯子则成为过去的某段时间的印记。印记终归是印记，不会履新，却可印证一句历史忠言：该过去的总会过去，我们所经历的生活却像胶片一样，记录并不能抹去。

我记得那时打开这个杯子，喝到的总是热乎乎的安稳。

2. COFFEE
"二" 得别样幸福

2012年夏天，我接到《别样幸福》剧组的邀请，出演女一号李桂香。戏中的李桂香是一个半路嫁到大家庭的中年女人，这个家庭里面子女多，成员关系复杂，上下老小因为财产和情感充满矛盾，相互猜忌、彼此伤害。后来正是憨厚善良的李桂香的到来，家里的一切都发生了变化……

不要把梦带进棺材，美梦并不仅仅属于年轻人，而是属于活着想做事情的人。

我接戏时有点犹豫，因为当时我的身体状态不太好，医生建议我在家静养，李桂香这个角色性格元素多，我担心自己身体会吃不消。后来当我得知跟我搭戏的是我30年的老朋友毕彦君，先前的犹豫就减少了。我知道老毕的戏好，能跟他搭戏肯定特别愉快。

　　再后来，导演萧峰找我谈李桂香这个人物，后妈难当谁都知道，可李桂香做到了。她是怎么做到的，她的能量来自于哪里？用现在的话来说，就是李桂香特别"二"。拿到剧本，天哪！怎么那么像我！我简直爱死这个女主角了！于是我不再犹豫，当即决定签合同，参加《别样幸福》的拍摄。

　　进组前，我给自己准备了三个星巴克的杯子：一个彩虹色的小号杯子，一个大号保温杯，还有一个绿色的马克杯。家里阿姨就在一边笑我："大姐

啊，你拍戏带那么多杯子干嘛啊？"我说我都想好了，彩虹杯子喝水，大号保温杯喝粥，绿杯子跟我装食品的绿色筐和粉色小壶很配，没事时看着它们甜蜜蜜地在一起，我就高兴，这样起码心情不坏。顶着烈日酷暑，我带着我的星巴克杯子们出发去了外景地。

剧中人物李桂香是北京市民，结了半路夫妻，竟成了4个成年子女的后妈。后妈形象要可爱，要立得住，要得到观众的喜爱和认可并不容易。导演跟我讨论人物，一定要让李桂香这个人物"二"起来！

起初我并不能非常准确地理解和表现。炎热的天，外景拍摄本来就特别辛苦，我有糖尿病，觉得整个人都不好了。人就是这样，疲惫的时候一定是耷拉着脸，语言、状态都向下走，但李桂香是充满正面能量的。导演就把这个"二"字当成了一句口令："李桂香，能不能再'二'一点！"我的状态立刻提起来，走路说词儿都有劲儿的感觉。

我开始慢慢揣摩这种美好的感觉，让李桂香的力量一点点地注入我的心里。演员在拍摄现场，就好像战士上了战场。尤其是女主演，更是排头兵，每一块阵地都要能冲得上去。我给"二"的第一个定义就是忘记自己的不舒服。

剧组年轻演员多，我就跟副导演说早上起来我先化妆，让孩子们多睡一会儿。演我女儿的青年演员徐露问我，"方妈，你身体不好，还为大伙儿争取休息时间，你自己行吗？"

我说我行。我有大号星巴克保温杯，可以保证燕麦粥所需的温度。有时

不要把梦带进棺材，美梦并不仅仅属于年轻人，而是属于活着想做事情的人。

候犯得厉害了，恨不得说段台词马上就要拿彩虹杯喝口水。特别要感谢助理燕子，她给我打的水总是在刚好的温度。

徐露问："方妈妈，为什么你心中的爱像泉水一样流动？为什么你总是这样朝气蓬勃去现场，从来不说累呢。我们年轻人都说累得不行。"

我笑着调侃："因为我是李桂香，李桂香比较'二'呗。"逗得大家直乐。

这部戏拍完后在江西卫视首播，听说收视率蛮不错的，李桂香"二"的形象得到了观众和媒体的认可。

智慧。

其实，我说的"二"，并不是真糊涂蛋的"二"，而是一种满含处事真智慧的"二"，就像在一定条件下糊涂比认真管用一样，这种"二"是一种做人计策，更是淡化矛盾、化解人危机的一道法门。这种"二"不需要多少知识，只要能够以诚面对，勇敢放下就好。

我曾经接触过这样一个案例。一位单亲母亲带着女儿，为了女儿一辈子不嫁。她给女儿设计男朋友，设计人生道路。女儿在母亲的高压政策下，被迫与不相爱的人结婚生子，非常痛苦。母女二人相互斗争相互恨，连大年三十都没办法在一起吃顿团圆饭。后来我以电视台特约调解员的身份，和这位母亲敞开心扉交谈了一次，我和她谈看开，谈舍得，谈勇敢地放下，谈糊涂，谈养生。最后她同意我的"'二'方案"，把注意力从女儿身上转移开，去读书，去跳广场舞，自己的日子过得充实了，心情也就轻松了，渐渐地和女儿的关系也正常化了。

从出演李桂香，到调解一对母女矛盾，成就了我对"二"的发现。我真真感觉到"二"是一种境界，一种精神。《别样幸福》导演让人给我画了漫画：伸手比出剪刀手"二"。"二"这个手势在美国人来说是胜利，但在中国，含义却很广。我把漫画印成不干胶，贴在了星巴克杯子上，每次看到时，心里都会忍不住阳光起来。

不要把梦带进棺材，美梦并不仅仅属于年轻人，而是属于活着想做事情的人。

3. COFFEE

喝粥的容嬷嬷

在我印象里，星巴克的杯子确实挺"神"的。通常我们对使用的杯子都会分门别类。这个是喝茶的，那个是喝葡萄酒的，用的时候必需"门儿清"，绝不可能搞混。但星巴克的杯子不一样，它是采用特殊材料特殊工艺制成的，从而体现了一杯可以多用的环保价值。

在我珍藏的大大小小的星巴克杯子中，多数杯子都不止装过一种液体。尤其是我随身带的杯子，不但装过咖啡，装过茶，还装过冰镇樱桃，装过我自己沏的各种营养补充剂。我记得有一次，我还尝试着用星巴克的大号保温

杯盛剧组的鱼汤，当时想如果喝了鱼汤后杯子里的腥味洗不掉，就只能叫它退役。结果这个顽强的杯子居然经受住鱼汤的考验！我这么灵的鼻子，一点鱼腥味都没有留。

我的这只大号杯"来头"还真有点特殊。

那是在2010年底，我参加完《还珠格格》上半部的摄制，剧组决定休息几天后再续拍，我就陪妈妈去浙江玩几天。正巧赶上杭州罕见的一场大雪，我就带妈妈去拍西湖的雪景。雪后的西湖很不一样，白雪留在已经凋零的荷叶上，显得格外平静，远处苏堤上的人也仿佛入画。眼前景致我妈妈很喜欢，举着自己的小卡片机不停拍啊拍啊，那种投入那种专注，那种置身其中的喜悦，在旁人看来大概也是一番风景吧。她说这一大片叫残塘荷叶，"孩子，这河塘的残叶上落满了雪，就像我的年纪一样，已经老了。可是它们有过粉色的、美丽的荷花，有过绿色叶子的记忆。"

听妈妈这番话，我惊呼道："妈妈您真棒，70多岁的人，对生命的诠释这么有喻义，您真是太伟大了。"我搂住她的肩膀，亲了亲她的额头，以示给妈妈点赞。那天天挺冷，西湖上有风外面待不住，于是我带妈妈走进了星巴克店里。

妈妈也喜欢星巴克的环境。在室内温暖的空气，以及音乐和咖啡香味陪伴下，她像个小孩一样，这儿看看，那儿摸摸，什么都觉得新奇。随手可揪到的圣诞玩具挂件，陈列在吧台的各种杯子和糖果，她都喜欢得不得

不要把梦带进棺材，美梦并不仅仅属于年轻人，而是属于活着想做事情的人。

了。但妈妈总是不舍得点很贵的东西，平常喝咖啡时，也再三嘱咐只要小杯的。我要点两杯拿铁和一些点心，妈妈不许我多点，说不饿，只许我要了一块蛋糕。

坐在座位上，我发现妈妈的眼睛还不时地往陈列柜那边瞟。我问："妈妈您是不是看上了什么？您说，我来给您买。"妈妈没说话，只顾起身去往陈列柜，然后拿起一个大号的红色保温杯，看了又看，说："这保温杯质量很好，现在天气冷了，剧组吃饭喝水没家里那么方便，我想那么个大小的保温杯你用正合适。"妈妈说着就要给我买，我说算您为我选的礼物，钱我来付。妈妈也不跟我争执。

在我付钱时，妈妈还在一边叨叨："你岁数也不小了，有了这个，方便。"

我"噗嗤"笑了出来。可不是嘛，在母亲眼里，孩子永远是孩子，尽管我都55岁了（当时的岁数），依然觉得有妈妈真幸福！可岁月对每个人来说，都是平等的，母亲曾经青春年华，孩子们却也终将老去。不是吗？

回到剧组，我就用这只新的保温杯盛上了新煮的麦片粥。从此，这只杯也成了我出门拍戏时必带的"随从"之一。

在《还珠格格》中，我出演的是心狠手辣的容嬷嬷，最初接到剧组邀请的时候，我自己都觉得很可乐。一直以来，我的银幕角色都是善良朴实的，古装也大多是"皇嫂田桂花"这样的正能量形象，演完反角，会不会有心理障碍啊？后来一想，戏归戏，真人归真人，戏跟真人揉在一起想，那就没人演反角了。前两部的容嬷嬷可以说全国观众妇孺皆知，而扮演者李明启老师在生活当中是特别受人尊敬的大好人，跟容嬷嬷也是完全相反的。想到这儿，我就释然了。

说笑归说笑，摄制组的生活确实是辛苦的。我拍了30多年戏，几乎没有正点吃过饭，无论头疼脑热、无论喜怒哀乐，只要是有你戏就必须把自己调整在最好的状态。在《还珠格格》剧组的时候，实话说，我真的很心疼那些年轻演员，他们比我儿子大不了几岁，常年在外面为自己的演艺道路拼搏，真心不容易！

别看在镜头前各种搞怪折腾，孩子们都付出了超乎同龄人的努力。特别是古装戏，绷头发吊钢丝，冬天披薄纱，夏天穿棉袄，天不亮就起床化妆，收工可能一顿饭还没吃上，他们每一个都特别优秀。我作为长辈，从心里愿意照顾他们。而且我有经验，知道机器角度怎么给，容嬷嬷用钢针扎紫薇，大盆水从头上浇小燕子，我就稍稍哪怕角度偏一些，胳膊挡一点，孩子们就

不要把梦带进棺材，美梦并不仅仅属于年轻人，而是属于活着想做事情的人。

能少受罪。

进剧组的时候，工作忙，压力大，流食对我更加重要。有了大号保温杯作保证，每天早晨，我就用豆浆机打各种杂粮粥，黑米粥、红豆粥、枸杞粥，天天不重样儿。每次打出来满满的一桶，最先碰到的人是化妆老师，就先给化妆老师，碰到的是其他早起化妆的演员，谁先来谁先喝。有时候我的助理燕子也被分粥这件事搞得很迷茫："方阿姨，咱们今天这粥到底要分给谁？"

后来我想了个办法，请后勤部门准备几只一次性杯子，这样燕子把粥分在杯子里，早起的孩子们都能喝到暖暖的私房爱心粥，然后调侃我："心狠手辣的容嬷嬷其实最有爱了是吗？"

《还珠格格》拍了4个月，"容嬷嬷"顶着头饰，捧着这只大号星巴克保温杯喝粥也喝了4个月。这个杯子我用了几年都很喜欢，因为它和我收藏的其他星巴克杯子不同，保温效果特别好，每次拿起都觉得特别踏实，特别幸福。

4. C O F F E E

纽约，纽约

有人说，纽约是一座时而繁华、时而堕落的世界大都会，在这里的人待久了，会慢慢迷失内心，迷失在各式各样的事物中。

2000年，因为要拍《纽约丽人》这部戏，与导演都晓，演员瞿颖、赵越、张子健等人一起来到了这里。在辛苦、紧张、愉悦的状态下完成了这部戏的拍摄，眼看过两天就要回国，因为第一次前来，总想四处转转，于是一股脑儿报了个一日游的旅行团。

说起这个旅行团，还真是颇有缘分。那天同行共有9个人，居然都是中国人。其中有两个是年纪稍微大一些的奶奶辈分，有一对儿是年轻的小夫

不要把梦带进棺材，美梦并不仅仅属于年轻人，而是属于活着想做事情的人。

妻，还有一些是退了休的女同志及几个年轻的"背包客"。他们见到我上车，居然一眼就认识出我来，还喊我"皇嫂"。我一阵讶异又有些感动，噢，还有一丝丝的自豪。有时候心里常常觉得演员很累很辛苦，要忍受得了常人不能忍受的事情，尤其是年三十儿家家围着圆桌吃热乎乎的团圆饭，酣畅淋漓地聊天，把酒言欢，而寂寞的你只能独在异乡为异客，举杯邀明月，对影成三人，那种滋味特别不好受。可是当你在一个个角色的塑造之后，获得观众的认可，甚至别人看见你，第一眼却直接称呼你角色的时候，那种满足感可能只有演员这种职业才可以体会。这也是我从影这么些年来一直的动力源泉。

那天的旅行，时间虽短但总让人回忆起来甜蜜温暖。我喜欢坐在靠窗的位置，因为可以一览无遗地欣赏窗外的景色，而此刻，这是西半球最为繁华、最具魅力的城市，我怎可错过于此？

车上的导游是一位年轻的漂亮小姐。我们一边听她述说这个城市的历史一边饱览景色，非常惬意。过了一会儿，导游小姐安排我们两个钟头的自由活动。我漫无目的地在街上行走，各种肤色的人行色匆匆，像是和时间赛跑。唯独我悠然自得地漫步行走，享受这个城市给我带来的满满惊喜。本想着去星巴克打发一下时间，却始终没有发现它的踪影。正当我要顺道往回走，却在茂密的绿色植物后隐约看见那条微笑着的绿色美人鱼，走近一看，果然有我最为熟悉的英文"Starbucks"，那种窃喜是无法用言语来形容的，这是众里寻他千百度，蓦然回首，那人却在灯火阑珊处哪。我"嗖"地奔向我今生挚爱的"人鱼姑娘"，点了一杯拿铁，哦，又是拿铁，买好心爱的杯子，坐在靠窗的位置。

一位年轻的华人小伙很有礼貌地坐在我旁边，几句寒暄后，便和我聊起天来。

我们天南地北聊得还挺投缘。小伙问我："方阿姨，你整日在外奔波劳碌地拍戏，家里人都很支持你吗？"我笑着说："支持啊，他们都觉得这个职业非常艰难困苦，常常需要修炼内心，不断调整自己，不断要补充新知识，但是一个挺棒的职业。"小伙开始说起自己曾经的理想，称自己很喜欢电影，年少时一度想成为一个像伍迪·艾伦、马丁·斯科塞斯那样的伟大导演，但却遭到家人的强烈反对，最终不得不妥协，选择了父母期望的医疗行业，现在在纽约已经生活了三年，只希望离理想更近一些。演员当久了，我居然有一种可以随时捕捉人心的魔力，我看见他眼睛里充满着无奈、憧憬、寂寥，但情绪又显得格外的平静。这是我这么多年从没有遇见过的一双极其复杂的眼睛。我想，纽约是很多中国人向往的地方，为什么这个年轻人却如此这般？哦，这的确是个问题。

"纽约常被昵称为'大苹果'，是'好看、好吃，人人都想咬一口'之意。而大家如此眷恋纽约，大抵上穷人喜欢这里，因为可以肆意撒野；富人喜欢这里，因为可以缔造属于自己的王国。越是繁华的城市越是可以不经意间找到城市中一个被大家习惯性称之为孤独的群体。他们绝大多数是生活在城市边缘的小人物，鳞次栉比的高楼大厦，他们受自由女神的指引纷纷

不要把梦带进棺材，美梦并不仅仅属于年轻人，而是属于活着想做事情的人。

来到这个有梦的大都会。他们渴望有朝一日能够骄傲地自由出入这个城市。但现实往往与梦想背道而驰，当他们远离家乡，只身来这里奋斗，当他们孤独、无助、寂寞地游走于街头巷尾，仅有的力量，就是在喧闹中尽力地捍卫自己仅存的一个叫价值的东西。"小伙儿说完，从口袋拿出烟盒抽出一根烟，闻了闻又放回去。

我们忘记时间，忘记喧嚣，忘记人群，好像这一刻时间静止，我们沉浸在电影的海洋里。直到我的电话响起，这才恍惚明白是时候要告别了。我和这个华人小伙相互告别，并告诉他，有梦才会甜蜜。小伙傻笑，并告诉我，他很喜欢我在影片中诠释的每个角色。

"大家赶紧下车，这是美国最著名的自由女神像。"导游小姐拿着喇叭对着我们一行人大声喊道。

我们纷纷下车，听着导游给我们叙述的关于自由女神像的历史。

那天纽约正是初冬时节，零星的碎片阳光洒落在或年轻或经岁月沉淀的面庞，显得格外楚楚动人。

自由女神塑像的正式名称是"自由照耀世界之神"，是美国国家的纪念碑。1886年10月28日，美国克里夫兰总统主持揭幕。女神脚下是许多打碎的脚镣，象征自由的到来。从那以后，凡进纽约港的船只都要从神像42英尺高的右臂下进入美国。

我在想，这就是自由女神能成为纽约市文化地标的原因所在了。现在中国很多城市都在推行自己的地标建筑，但绝大多数把自己的地标都定格在高楼大厦上，结果大家都盖高楼，地标成了城市高度的攀比，真正能够像纽约这样，通过建造一个巨型塑像，把精神宣扬融入文化积淀，通过文化景观，反衬精神永驻，以供千秋万代人瞻仰的地标建筑，真是不多见。

借此不得不问一问，我们的城市是怎么了？

不要把梦带进棺材，美梦并不仅仅属于年轻人，而是属于活着想做事情的人。

5. COFFEE

《还珠格格》里的孩子们

做演员30多年，我拍过很多戏，但因为这样或者那样的原因，没有能与观众见面，粗粗算算上百集是有的。每次想到自己倾注那么多心血的作品，最后白白躺在仓库无人问津，就好像女人十月怀胎却没能再与亲生子见面，心里特别难过。

记得《还珠格格》剧组邀请我时，我为安排我

出演的角色很犹豫。尽管听说是原著作者琼瑶本人点名邀请我。在中国，几乎没有哪部剧可以跟《还珠格格》系列比收视，整整10年，差不多是个小时代了，一茬茬的孩子看着它长大了，暑假还在天天播，不但中国人看了，凡是国外有华人的地方就有小燕子、紫薇。戏里容嬷嬷的形象被李明启老师塑造得极其生动，很刁蛮很厉害，想出种种坏主意欺负善良可爱的姑娘们。可以说，"容嬷嬷"已经是个具象的脸谱，要突破真的很不容易。

看过李明启老师的戏，我开始反复对比、反复思考。力求由我重演的这个家喻户晓的"容嬷嬷"在风格上和原版要有所不同。我该怎么处理呢？李老师有的我没有，我有的李老师可能也没有。我想李老师演的厉害劲儿我做不到，我可以傻一点憨一点，喜感恰恰是我的个人风格。

表演艺术大概就是有这样的魔力：一边失望着，一边又冲动着。这样才能迎合观众的心理预期。后来剧组又来征求我的意见，我表达了改变容嬷嬷风格的想法，得到赞同后，我才决定和剧组签订演出合同。

进剧组后，每天表现最抢眼的当然是那几位上蹿下跳的格格和阿哥。

不要把梦带进棺材，美梦并不仅仅属于年轻人，而是属于活着想做事情的人。

"小燕子"李晟年轻，我是老同志经验多，为了把气氛调到轻松玩乐的状态，现场还少不了各种耍宝卖萌。后来每天拍完戏，"小燕子"和"紫薇"都要跑来搂我亲我，"紫薇"还要咬我，说您怎么这么好玩啊方老师，你可太好玩了。

我知道孩子们出来拍戏特别不容易，很心疼他们。有几场戏，演紫薇的小海陆要躺在水泥地上，水泥地那么硬那么冷，她每次还都得躺很久，真够难为她的。那几天每天拍完戏，我总要把"紫薇"抱在我腿上，让她的头枕着我的腿取暖。

还记得有一场戏是拿铁针扎"紫薇"。我心里的第一个想法是，千万别真的扎了"紫薇"。于是我就把那根长针放在离手掌很远的地方，有意让手

掌先接触到"紫薇"的身体，挡着她保护她，镜头给到的时候尽可能做得像真的扎她一样。谁知道，拍完那场戏当时没在意，针没扎着"紫薇"，我自己的手倒是给扎烂了，手掌好几处被铁针扎出了血，虽然很疼，但我想，这总比扎到孩子身上强，因为我也是母亲。

再说说潘杰明。他是个美国人，在台湾的唱歌选秀活动中被原著作者琼瑶老师看中。潘杰明特别刻苦，中国话说台词很难，又是古装戏，为了把戏演好，他每天不停地加练台词，这一点就真的很佩服他。

潘杰明还是个笑点极低的孩子。戏中皇宫里有外国人，就有外国的东西进到中国来。潘杰明给老祖宗沏咖啡，皇后和容嬷嬷不知道，说那是什么东西我们也要喝，可是在路上一不小心把咖啡壶弄洒了，容嬷嬷傻傻地问："黑水会不会毁容？"潘杰明一听这台词，就在一边乐，反复重拍，他还在乐。导演说："你笑吧笑吧，笑够了我们再拍。"

事儿也巧，那天晚上有场夜戏，发电车坏了，拍摄现场各部门人员就都暂时停工，三个一群，五个一伙休息等待。我拿出了星巴克咖啡，还有蛋糕和棒棒糖，恰好潘杰明从我身边经过，大概是看到容嬷嬷捧着星巴克的画面有点搞怪吧，他又是一阵乐。

我招呼潘杰明过来一起喝咖啡，聊起了他来中国的演艺生活。我跟潘杰明说："你是个歌手，来演这个戏，对你提升中文水平是难得的机会。现在停电了，我们也不埋怨，就当它是个星巴克烛光餐会，多开心啊。"潘杰明说是啊，没想到这个时候能有热的星巴克咖啡，还有星巴克的蛋糕和棒棒

不要把梦带进棺材，美梦并不仅仅属于年轻人，而是属于活着想做事情的人。

糖，简直棒极了！赞美完咖啡，他又问："方老师，我看你老对着个录音机说话，你在说什么？"

我笑了，没想到这个美国小伙子观察还挺细致。我就告诉他："我愿意写东西，在拍戏空闲通过录音记录我的故事，我的感受。"我还说起去美国拍戏，就是通过小录音机写了一本书，叫《情坠洛杉矶》。潘杰明再次露出惊异的神色，并表示："有机会我一定拜读。我也要像你一样的方法写书。"我教他也去买录音机，并鼓励他从什么时候开始录都不嫌晚。

第二天潘杰明就兴冲冲地对我说："方老师我真的要谢谢你，我买录音机了，也已经开始录了。是每天都要录吗？如果一样的怎么办？"

我笑着说："每天都要录，因为每天的感觉总会是不一样的，太阳出来得不一样，盒饭吃得也不一样，拍戏的内容也不一样，要写得更不一样了。"

他心领神会地点点头，然后调皮地回我一句："星巴克出了一款新咖啡，大概味道也不一样。"

《还珠格格》里我的戏总共拍了4个月左右的时间，最后一场戏拍完，就是我告别的时候了。当时现场所有演员和工作人员都停下来，潘杰明哭了，都不愿意我走。我很感动在这个剧组工作能结识如此有情有义的朋友，我跟大家道了晚安，告诉小伙伴们我爱他们。我把我心爱的小木桌留给了大家，让孩子们每到吃饭时都能感受到我对他们的祝福！再到后来，我跟演紫薇的海陆还常在别的剧组碰面，有的戏她演我孙女，有的戏演女儿，每次合作都格外亲切。

想想一转眼10年过去了，在写这本书时，忽然想起潘杰明。对了，我还真的要挂个电话，问他有没有坚持录音，有没有把他的录音出成一本书？问他有没有去喝新味道的星巴克咖啡？

不要把梦带进棺材，美梦并不仅仅属于年轻人，而是属于活着想做事情的人。

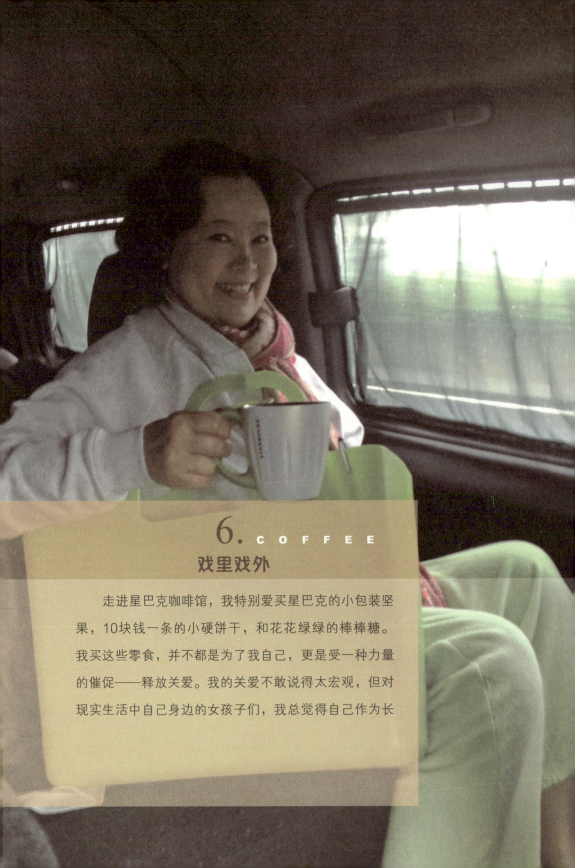

6. COFFEE
戏里戏外

　　走进星巴克咖啡馆，我特别爱买星巴克的小包装坚果，10块钱一条的小硬饼干，和花花绿绿的棒棒糖。我买这些零食，并不都是为了我自己，更是受一种力量的催促——释放关爱。我的关爱不敢说得太宏观，但对现实生活中自己身边的女孩子们，我总觉得自己作为长辈，是有这个必要的。以至凡是和我共过事的女孩子们，几乎人人都有过分享我的星巴克零食的经历。尤其是小饼干，现在女孩子们为了减肥苗条，都不爱好好吃饭，吃个小饼干不但可以磨牙，甚至有时候血糖低很救急，就算来不及泡咖啡，泡白水都特别管用。

　　我特别愿意给别人吃的，包里随时都有星巴克的各种小零食。10几年前没有星巴克，给人买东西真不知道买什么好。我记得有一次去美国拍电影《嗨，弗兰克》，顺便要给美国的"小外孙"买礼物，在机场转半天选不到合适的，偶然在书店看到《皇嫂田桂花》的光盘，那可是我主演的一部古装喜剧！据说当时收视率相当高。再一看价格，美元定价，那家书店在机场里面，过了海关，什么都是花美元。我数学不好，算美元汇率算半天，总之价格相当不便宜。可我还是买了一套——第一次花美元，就是买自己主演电视剧的光盘，说起来真是很戏剧。

　　到洛杉矶，我怎么也没想到的是，这里的华人竟然都喊我皇嫂，喊我田桂花。当地导游告诉我，洛杉矶是个移民城市，其中有80多万华人。在洛杉矶，有时候我自己去华人街区的市场买东西，感觉就像在北京一样。经常

不要把梦带进棺材，美梦并不仅仅属于年轻人，而是属于活着想做事情的人。

是碰到东北人，哎呀妈呀，那个热情，有的店主看见我一把把我紧紧抱进怀里，"不能要你钱啊"，"喜欢啥随便拿啊"，特别好玩。

还有更有意思的，洛杉矶当地华人有一次在街上看见我跟戏里的美国搭档海瑞森·杨一起走，居然有人挥着手高喊："黑豆呢，你怎么把黑豆甩了？"

海瑞森很惊讶："方，怎么在这里会有你认识的人？黑豆，谁是黑豆？"我告诉他是我主演电视剧《皇嫂田桂花》中丈夫的名字，田桂花跟黑豆是夫妻两口子。海瑞森微笑着点点头，对我说，"我们都是演员，我很羡慕你。"

海瑞森·杨在《拯救大兵瑞恩》中扮演大兵瑞恩的老年，也是演了一辈子戏的老演员。我想，名利也好，职业修炼也好，作品创作也好，每个演员的心中，所有这一切都比不上得到观众的认可和喜爱。在异国他乡，听到那般亲切的问候，彼此好像很熟悉的老朋友一样，心里真像有一股暖流在涌动。

演了那么多年戏，《皇嫂田桂花》让很多电视观众记住了我，走到哪里都有叫"皇嫂"、叫"桂花"的。之后10年，我仍然一直在演戏。在《还珠格格》里演容嬷嬷，后来在《老白有喜》中演姥姥，可笑的是，我每演一部戏，就有观众用我在戏里的角色喊我。

有一次，我去外地赶早班飞机。安检处的小姑娘小伙子们一下子就认出了我，"姥姥接下来什么情况啊？""姥姥到底嫁给谁了啊？""牛二这么追姥姥，姥姥赶紧答应他了吧！"大家七嘴八舌围住我，非要问个究竟。我说我可不能剧透，你们自己看就知道了。结果他们假装一本正经，开起了玩笑，"您不告诉我们，我们就不让'姥姥'过安检！"

说笑归说笑，我知道自己深深热爱着演员这份职业。扮演不同角色，演绎不同故事，我乐在其中。算算到现在从艺30多年，演了上百个角色了，只要观众爱看，即使拍戏再苦再累，比起收到的荣誉和掌声，我认为是我收获更多。我要感谢关心和关注我的观众，感谢演艺界导演，感谢这么多年来走过我心灵的那些鲜活的剧中人。

很多次我被问到，如果不当演员，我会做什么？我想，我会选择当街道

不要把梦带进棺材，美梦并不仅仅属于年轻人，而是属于活着想做事情的人。

办或者居委会的妇女主任，调解普通家庭的矛盾，解决老百姓的日常问题，深入最实实在在的生活中去。我也会选择去做幼儿园阿姨，教小孩子们什么是爱，怎么表达爱、给予爱。这个真的很重要。

有人说，人生如梦，生一次必死一次。可是演员不同，生了上百次，也死了上百次，恨了上百次，也爱了上百次，一切都不过戏中人。一个人的力量是有限的，如果加上100个生动鲜明的戏中人陪伴人生左右，那么智慧该有多大，爱该有多大？这是当演员的幸福和荣幸。反过来，演员应该回报社会的，也应该是更宽阔的胸怀和更无私的关爱。不过可以很确定的是，不论做不做演员，我都会是那个最爱请人吃星巴克零食的人。那是我爱的本质。

7. COFFEE
演员的自我乐趣

说演员拍戏有多辛苦，观众也许不知道；说中国有一处叫横店的影视拍摄基地，在浙江，估计知道的人就多了。我常说，那里是"艺术集中营"，导演、编剧乃至各路演员，个个生龙活虎百般功夫，都被圈在这块交通并不发达的地方，与世隔绝。有趣的是，横店汇聚的香港演员特别多，这就带动了横店美食行业。而在横店开餐馆的老板大多淡定从容，多大的腕儿在他们看来都是稀松平常，不过尔尔。不仅于此，香港人怕冷还带火了鸭绒服制作行业，横店出来的鸭绒服都特别有个性，背后图案五花八门，如小恐龙、大草莓、熊二等，非常时尚。

横店虽然云集了演艺圈各路豪杰，但市政配套服务设施还是差强人意。演员在这里像被关进牢笼，有钱没时间，有时间没地儿花钱。在昏天黑地的拍摄节奏里，却到处充满生动鲜亮的小心思，实在是让人太欢乐了。

我最早去横店拍戏是十几年前的事。那个时候到横店都没有大宾馆住，

不要把梦带进棺材，美梦并不仅仅属于年轻人，而是属于活着想做事情的人。

肯定没有冰箱。炎热夏天没有冰箱怎么得了？我为此开始犯愁。要不别人总说我爱生活、会生活呢。为了节省开支，我跑到卖破烂的地方，在回收旧电器的摊位买了个旧冰箱。那个大冰箱看起来很结实，但也确实老了外面都锈了，打开里面还有些味道。拿回剧组，演员们看了都笑我，说我买的这个冰箱不是二手的，基本是第八手的，接上电源后，让人以为我开来了拖拉机。我挽起袖子自己动手，一通消毒清洗，直到这个大家伙里里外外面目一新。然后让它装满了好东西——有星巴克果汁，自己买的P字头奶酪，新鲜的水果、牛奶、啤酒、小零食。完了还给"第八手冰箱"罩上一条白色的新床单，每天看到它，心里别提多踏实了。

那个时候只有我跟导演有冰箱，我的冰箱很快成了小伙子们的最爱，因为有了它，孩子们才能喝到冰镇啤酒。分享给大家愉快放松的情绪，真的是我很愿意做的事情。后来剧组解散的时候，我把那个"八手货"做了个人情，送给在当地开饭馆的一个大连老乡。听说她生意做得不错，后来成了当地最有名的饺子馆。

不过让人有点遗憾的是，横店在很长时间里都没有星巴克。离剧组最近的门店也在几十公里远的义乌。可能也正因为如此，才更有彼此分享的乐趣。我印象中最早是《妙手神捕俏佳人》剧组，演我丈夫的吴孟达也是星巴克粉。他每去一次义乌，都像翻一次墙，然后基本都要对义乌一家星巴克完成一次"大扫荡"。

后来拍《辣妈俏爸》，我跟吴孟达又在横店重逢。我演辣妈，他演俏

爸，马天宇演我儿子。"辣妈"是挺可爱一个寡妇，这部戏是用现代的语言、现代的风格演古装戏，或者说是用古装戏的套路嵌进现代生活，很特别，演起来也很过瘾。

马天宇在剧中演我儿子，生活中也总喊我娘。他是个特别重感情的人。开机那天好像是母亲节，他对我说"母亲节快乐"，我问他给妈妈打个电话了吗？他说妈妈在很远的地方——天堂。我拉着他的手，哭了！我问你跟谁长大，他说是跟爷爷。我说那就给爷爷挂个电话。他说我爷爷也走了。哦天哪！这个让人心疼的孩子！大概也正是这样的成长经历，让他很懂得珍惜爱，也很重情义。他知道我喜欢星巴克，一有"翻墙"的机会，就给我带回铁盒蛋卷。我能说什么呢？亲儿子不过如此啊！

说真的，对于无论什么条件都要创作乐趣、生产能量的人来说，星巴克真的是一种表达的载体和纽带。在横店，喜欢星巴克的不止我一人，当然我是迷恋级，接触后发现还有很多演员都喜欢星巴克，当我们发现彼此，就像找到组织一样高兴。不管谁去城里，都会给剧组几个星巴克粉丝带回来几

不要把梦带进棺材，美梦并不仅仅属于年轻人，而是属于活着想做事情的人。

杯，很默契地送到手上。我自己也一样。

　　曾经在义乌星巴克里买过星巴克的笔，星巴克的笔记本，星巴克的不同杯子，还有星巴克各种小玩具。赶上谁过生日，我会把星巴克糖果系在一起，选最适合的丝带打包后，就是礼品了。所以走出剧组，谁给谁带个星巴克食品都是家常便饭。就算咖啡常常已经是凉的，就算点心有时候是昨天的，但对于剧组星粉来说都是极好的，好像节日得到礼物一样。不过可不能买芝士蛋糕，在拍摄期间若顾不上吃，就会变出蓝纹儿啦！

8. COFFEE

爱，让生命更圆满

　　说起钟声，人们总会联想起钟塔楼上的肃穆钟声、电视晚会上的新年钟声，而我对于钟声最难忘的记忆，是美国纽约时代广场的祝福钟声。

　　纽约时代广场，我曾去过两次。第一次是2001年拍电视剧《纽约丽人》，我和好朋友麦克一同前去，他指着广场的那块电子大屏幕说这就是纽约的时代广场，每逢新年到来之际，大家都会不约而同在钟声敲响之前相聚在这里，听钟声，互相拥抱，互相祝福。第二次去纽约是2012年，但这次去不是拍戏，而是去参加第三届纽约中国电影节。

　　我还清楚地记得那天，美国当地时间10月19日，《暴走妈妈》在纽约林肯中心公映，公映完后，我和导演高博、出品人杨汉坤与观众面对面进行了

不要把梦带进棺材，美梦并不仅仅属于年轻人，而是属于活着想做事情的人。

交流。让我感动的是，好多观众纷纷反映这部戏太棒了。其中一位现场观众说："印象中的你一直都是演喜剧的，很惊讶你竟然可以将悲情剧演绎得游刃有余。"其实我想说在很多年前，我就是以悲情剧获奖而开始了演员这条路的，只是身体发胖了之后才决定转型拍喜剧片的。在此，我由衷地感谢高博导演，让我可以再次将骨子里那份悲剧情感拿出来，还获得了那么大的一个奖项。

说起《暴走妈妈》这部电影，真的有太多的故事。因为我自己36岁才当上母亲，所以第一次看到这个角色，立即对故事主角妈妈陈玉蓉产生了强烈的共鸣，当时内心里一直有种声音对我说，卓子，你一定要把这位伟大的母亲演好！为了演好这个角色，我们不远万里前往湖北武汉，与原型陈玉蓉见面。现实生活中她比我大一岁，我和玉蓉几个晚上都在一起聊天，她说天下所有的妈妈都会这样做。我非常认同她的话。

其实这部戏的每一个镜头都是在感动中完成的。记得有一场雨戏，我需要躺在冰冷的地面上，当时我本身就有那么点儿不舒服，又冻得直哆嗦，剧组的工作人员很贴心，说让我先跳过这场戏，回头有空补拍，可我还是坚决地说没问题，那场戏从晚上8点半一直拍到了凌晨5点，几辆消防车都浇空了，才收工。

拍完后，我特别想哭，因为想到这位母亲的不容易，真的是太艰难了。在片中我可以为孩子上刀山下火海，可现实生活中，虽然我也很宠爱孩子，但工作忙碌，总是和家人聚少离多，我觉得自己是亏欠儿子的。他出生100

天我就去剧组了，有时候我回到家里和儿子聊天，我对他说："妈妈拍片子不在于挣多少钱，而是出于对事业的热爱。同时我希望咱俩是母子，也是朋友，既然是朋友，你有心里话就告诉我，好吗？"儿子一再表示对我的理解和支持，同时他也非常的懂事和孝顺，这一点我很欣慰。

我从影30年，演每一部戏，我都一样的认真，一样的吃苦，为什么《暴走妈妈》这部戏得奖了呢？我知道这部影片内容是描述这位母亲的形象，所以不是我演得好，是陈玉蓉这个故事本身就很动人，动人到打动了在纽约的数千万华裔观众。同时也折射出在这个日益喧嚣、物质化的世界上，亲情仍然是最纯真的力量。生命与生命间可以血脉互流的情感是人类最纯粹、也是最高层次的情感，这种虽然有时会被淡化，却从来不曾消失过。当然影片还有一层积极意义，即向观众展示了平民阶层在现实中的生存困境，以期唤起人们对底层社会弱势群体的关切。

晚宴过后，有好多家媒体来采访我们这部戏，我说，在全世界的语言中只有"妈妈"是相同的发音，母爱也是相通的！说来也巧，《暴走妈妈》在纽约放映时，晴空忽然飘起了细雨，我仰望天空自言自语:暴走妈妈，纽约哭了！作为这次电影节的联合主席，西德·甘尼斯对此次举办的中国电影节赞不绝口。当晚，还有很多美国电影界的名流汇集一堂，与中国电影人进行了热情交流。

颁奖典礼次日，我和影片主创人员受中国电影频道邀约在时代广场那边进行专访。因为是10月下旬，所以我选择了一件翠绿色的外套，涂着红唇暴走在纽约街头，而身旁的"80后"年轻导演高博则是一身黑色西服，银白色绸缎面的领带，显得格外绅士。出品人杨汉坤穿着改良的黑色中山装，非常具有民国范儿。

《暴走妈妈》是公益电影，我希望将这份以母爱为名的崇高感情传递给所有需要获得帮助的人，所以将6万元捐赠给了这位伟大的母亲——"暴走妈妈"原型陈玉蓉。她成功地将自己45%的肝脏捐献给自己的儿子，这种伟大的母爱，是生命的奇迹！记得此前在参加上海电影节首映式的时候，我还给玉蓉买了一双红皮鞋，当时玉蓉问我为什么给她买？我说:"你现在身体也恢复了，儿子也很健康，以后也不会再暴走了，穿着红皮鞋，迈出自己的光彩人生！"玉蓉很感动，对我千"谢"个不停。其实我该感谢玉蓉，正是因为她的故事，我才可以在国内外揽获好些个奖项。

之后《暴走妈妈》这部电影被国内好多家媒体竞相报道，其中有篇报道是这么描述我的:端坐于静好岁月里，亲眼看你把这温暖演下去，把爱延续下去。生命，因你更圆满！

不要把梦带进棺材，美梦并不仅仅属于年轻人，而是属于活着想做事情的人。

9. COFFEE
比宇宙还大的拥抱

　　和很多影视剧一样，《还珠格格》也是在横店拍摄，剧组也盛行"出横店买星巴克"。当然，此时不必再去义乌，因为离横店更近的东阳新开了星巴克。

　　我现在家里陈列的一只咖啡豆杯子，就是在东阳星巴克店里买到的。这个杯子的杯身是咖啡底色，外壁铺满了一个个突起的小咖啡豆，星巴克LOGO镶于其中，像众星捧月，非常有意思。捧着它就像捧着一杯咖啡豆一样，太舒心了。

当时去东阳买这个杯子，正好是快到八月十五了，星巴克店里开始卖中秋月饼，具体多少钱不记得了，好像是不便宜。我给剧组的朋友们买了好几盒，其中有一盒是给"小燕子"李晟的。

李晟是我最喜欢的姑娘之一。记得我第一天进组拍戏，穿着那个花盆底的鞋很不适应，而且还要在鹅卵石上走，心里更慌乱。本来想拉着皇后走，皇后手一甩问："你干什么？"演皇后的是一位香港女演员，很瘦，大概关键时刻她不仅救不了我，而且很可能我还会拽倒她。越是担心什么越来什么，果然没走几步我就崴了脚。

李晟知道后，马上把自己的特效药送给我，并且很耐心地叮嘱我："这药很管用，方老师你一定要按时抹、认真地抹，很快会好的。"那天我俩只能算是初识，我发现这个姑娘性格温和，又能吃苦，让我很感动。这样一个年轻姑娘，能够这么懂得关心人照顾人，真是不多见。所以我一定要送她一盒月饼。

买好月饼要结账，我一眼就看到了咖啡豆杯，居然喊了出来："哇！太好了，这个豆杯子太好看了！"我忘记了大包小裹的月饼，爱不释手地摸着杯子，自言自语地说："一定要买，一定要买。"陪我同去的助理琼琼在一边笑了："不是说再买星巴克杯子千万拦着你吗？我看这不像是能拦住的。"

琼琼说归说，她知道我喜欢，不仅没拦着我，还自己掏钱，也挑了一只杯子作中秋礼物送给我。她说："方阿姨，中秋节是圆的，我送您一只圆杯

不要把梦带进棺材，美梦并不仅仅属于年轻人，而是属于活着想做事情的人。

子吧。"

我一看，哦，这杯子果然很特殊，虽然是瓷的质地，但确是星巴克的传统款式，它没有手柄，圆圆的，就像碗一样温暖、亲切。

回剧组时遇到大暴雨，临时帐篷的顶积满了雨水，望出去是哪儿也看不清的瓢泼大雨。剧组所有人都挤在帐篷里面吃饭，有一些人开始抱怨这秋雨也如此暴虐，还要吃半冷的盒饭，30分钟以后又要开始拍摄工作，都觉得好惨。

我就捧着琼琼送给我的星巴克的杯子碗，给大家讲笑话，用广告语叫大家"快到碗里来"，终于把大家逗乐了。我想，演员来自四面八方，在这种艰苦条件下，大家为了同一个目标朝夕相处，没有酒店可是有遮挡，没有餐桌可是饿不着，外面狂风暴雨，里面欢声笑语，多么难得的经历啊。虽然我出演的是奸滑的容嬷嬷角色，但现实生活里，我力求自己做这些孩子们的方妈妈——有妈妈的地方，就有家，就不怕风和雨。

剧组的孩子们给我鼓掌，渐渐他们跟我也不生分，到后来竟然争先恐后地照顾我，我非常感动。当然我也会像待自己孩子一样待他们，呵护他们。我在横店有一个大食品箱，孩子们有时候实在饿了会自己打开我的食品箱，因为里面永远有牛奶，有各种巧克力、点心和啤酒。

我还时不时地带些零食去拍摄现场。有一次因为夜拍，我带了一种糖，叫"人体爆炸"，这种糖特别酸，人一吃立刻就精神了，我儿子从北京给我买的。我把糖发给大家，结果全组都精神抖擞地完成了这次夜拍，事后大家

纷纷追问"人体爆炸"什么来路。我说我的戏马上结束了，等我回北京再给大家寄来。

　　几天后，我离开剧组，一回北京立即让儿子领我去国贸，把那家糖果店所有的"人体炸弹"都买光了，我把它们全部寄给了剧组的孩子们。"小燕子"代表大家，给我发来信息，"我们给'容嬷嬷'一个大大拥抱，比宇宙还大的拥抱！"

不要把梦带进棺材，美梦并不仅仅属于年轻人，而是属于活着想做事情的人。

10. COFFEE

心安之处即是家

在我的星巴克杯子藏品中，有一只杯子是专门用来装水果的，上面有盖子，下面是胖胖的不锈钢，造型独特，很适合用来装一个大苹果之类的大块头的东西。我基本很少拿它喝水喝咖啡。这个杯子给我的印象特别深刻，是在厦门的一家星巴克门店买的。那天刚好是新年。

演员的真实生活就是这样，过年过节不能在家与亲人团圆是再平常不过的，更别说享受三代同堂、朝夕相处的快乐了。有时候不开心，我会找话题自言自语一番，也就是说服自己，但是对亲人的愧疚还是始终不能释怀。只有当我坐在电视机前，看到自己成功地塑造出一个又一个人物形象时，我才会感觉自己不孤单。因为这些角色给我带来的幸福是满满的。

　　我有一个随行助理叫燕子。她跟我在外面过了三个年。走南闯北风里来雨里去，跟同龄的孩子相比，她真的吃了不少苦。正是她一次提醒说咱有三个春节没回家了，我才猛然意识到"家"不仅对我重要，对她同样重要。

　　我有点心酸，拍拍燕子的肩膀，问她："燕子，你记得咱们这三个年都在哪儿过的吗？"

不要把梦带进棺材，美梦并不仅仅属于年轻人，而是属于活着想做事情的人。

燕子说："一次是山东红十字会医院的活动，那天你做主持人，从早上开始一直工作到了凌晨，过了敲钟；第二年是在广州拍广告；第三年就是在厦门拍《老白有喜》。"

我不无感叹地说："做演员，家和事业真的难以两头兼顾啊。"

燕子笑了笑，又接着说："那年摄制组过集体年，三十晚上放假，初一凌晨就开工，一共只放了几个小时。"燕子的话勾起了我的回忆。对，就在那几个小时，我俩在剧组会餐完以后，忍不住又跑去星巴克逛。可能是因为太熟悉了，无论走进哪家星巴克，环境布局味道气氛都是一样的，喝一杯不变的拿铁。我给自己挑了那个后来陪伴我、给我装了很长时间水果的杯子，给燕子买了星巴克的小南瓜杯作为新年礼物。

记得当时新年的钟声快要响起时，星巴克还跟平常一样，店里的服务生没有关店打烊，顾客一点也不见减少，有很多看起来像是情侣的年轻人。是的，这里仿佛是另一个世界，跟新年无关，没有鞭炮，没有饺子，也没有人跟着央视的春晚为零点倒数数。大家的表情都安静祥和，轻松自然。很显然，此时的星巴克，已然是顾客的家，一个安静的家。基于此，我和燕子都很想在星巴克多赖一会儿，可是时间已到正月初一，回去小睡一会儿，剧组就开工了，无奈得很，我们只好拎几个袋子的点心，踩着南方春日的夜风往回赶。

后来听说观众很喜欢《老白有喜》这部反映当代都市伦理的电视剧，我在这部剧中出演白家姥姥，让观众觉得很欢乐的是刘威只比我小两岁，然而在剧中出演我的女婿，而且演得跟真真儿似的。电视剧很俏皮，收视率出奇的高。当时燕子问我："阿姨你是不是觉得这时候特别有成就感？"

我说是的。作为演员，我感谢每一个角色，就像生孩子一样，每一个角色都倾注了心血，每一个孩子我都爱，因为每一个角色都是有生命力的，我都跟大家同呼吸共命运。大家需要我，和大家在一起，我还有什么不能放下呢？就好像我们走进星巴克，一切都那么熟悉，那么亲切，就像回到家一样。在剧中还有什么不能放下呢？心安之处即是家呀！

不要把梦带进棺材，美梦并不仅仅属于年轻人，而是属于活着想做事情的人。

11. COFFEE
缅怀好友秀敏

　　电影《阿甘正传》里面有句话说，死亡是生命的一部分，是我们注定要做的一件事。

　　2005年8月19日，对很多人来说不过是炎热夏季的普通一天，一个很平凡的日子，但对我而言，不仅没有感受到夏天的酷热，而且浑身都觉得受一股莫名的寒气压迫。相识20多年的老朋友高秀敏因心脏病突发，在她自己家里突然就这么走了，先前毫无预兆！我已记不清那天我到底在哪里在做什么，但心里的那种痛却能记忆犹新，这是失去挚爱的那种疼痛。有人说，干我们这行不会有真朋友，顶多不过是逢场作戏罢了。可我想说的是，秀敏真的是一个可以为朋友掏心掏肺的女人。王家卫电影《堕落天使》里有句台词是这样说的："好多人以为做我们这行没什么朋友，其实杀手都会有小学同学。"

我从事文艺工作30余年，际遇沟沟坎坎浮浮沉沉，有过低谷有过辉煌，遇人无数，但和高秀敏之间的友谊，却特别的珍贵。她是我遇见为数不多的大好人。具体地说，她是当你困在一口天井下，真心愿意给你递长梯子，并愿意拉你上来的女人。

我和秀敏的结缘，始于我丈夫沈小萌和赵本山共同投资拍的一个戏。沈小萌和何庆魁关系甚好，想请他改编这个戏。说起何庆魁这个人可能一些人并不是很熟悉，但说起赵本山的春晚小品，比如《昨天今天明天》《捐助》及《卖拐三部曲》，大家就耳熟能详了。何庆魁就是赵本山身后的军师，小品的编剧。当时何庆魁把戏起名为《一乡之长》，并说想带个人进剧组，我们都同意了。这个人就是高秀敏。我和秀敏在《一乡之长》第一次搭戏，发现这个比我小四岁的妹妹果然出色，她把角色演绎得很有光彩，不得不说，她天生就是块做演员的料子。

秀敏塑造的人物形象多见于小品。如《密码》中朴实率直的大妈，《拜年》中精明势利的老高婆子，"忽悠"系列中善良妥协的憨妻等，至今还让很多人记忆犹新。

除小品外，秀敏在影视作品中同样也展示了很优秀的才华。如电视剧《刘老根》系列中她出演泼辣感性的丁香，把东北农村中年妇女所特有的泼

不要把梦带进棺材，美梦并不仅仅属于年轻人，而是属于活着想做事情的人。

辣和感性表现得淋漓尽致。值得一说的是《圣水湖畔》，这应该是她最有代表性的影视作品了。剧中的马莲形象几乎是按照秀敏的生活原形设计的，真诚、豪放、幽默、做事认真，给观众留下了深刻的印象。之后秀敏想要拍《圣水湖畔》的第二部，但因为各种原因都没有拍起来。直到2007年8月8日，秀敏去世两周年之际，为了完成她的夙愿，《圣水湖畔》投资人陈相贵将原班演员召集回来，拍摄《圣水湖畔》第二部。取景地选在吉林省前郭尔罗斯蒙古族自治县的查干湖，蒙古语"查干淖尔"，译为白色圣洁的湖。而我被剧组相中饰演马莲，也被秀敏家人认可，就顺理成章地成为了秀敏的接替者，也为高秀敏圆了梦。

记得在《圣水湖畔》第二部的开机晚宴上，也就是查干湖上，我们请了秀敏的妈妈、姨妈和女儿李萱过来，大家一起共进晚餐。吃饭的时候，大家情绪都很高涨、激动，因为还是原班人马，还是那些日子曾并肩作战、不分昼夜不眠不休的一张张熟悉而温暖的面孔。唯一遗憾的是没了秀敏。

其实我在刚接拍这部剧时，心里的压力还是相当大的。我认为马莲就该是秀敏式的马莲形象，秀敏有的元素我一点儿也没有，即便我已很努力地诠释马莲，还是担心观众会褒贬不一。这就像一个人的肝脏，无论多么健康，如果移植到另一个人的身体上，或多或少都将产生排异反应。后来我想，这个时候说谁能演过谁，谁能像谁都已经没有意义了，毕竟这是秀敏的夙愿，努力帮助秀敏去实现梦想才是当下该做的事。秀敏的妈妈听完我的表态也很感动，东北的块头大，不论是男是女，笑起来一阵豪放的"嘎嘎嘎"，那就是对你的赞许了。

不要把梦带进棺材，美梦并不仅仅属于年轻人，而是属于活着想做事情的人。

所幸的是这部戏拍得是特别的顺利。拍完戏之后，我们请了闫学晶担任主持，秀敏家人、剧组所有人员到齐参加了这次入土下葬仪式。仪式过程里大家互相没有交流说话，却默默地哭了起来。因为我们终于完成了秀敏的这个愿望，拍了《圣水湖畔》的第二部。虽然这部戏鉴于很多因素至今尚未播出，但我相信在不久的将来会和观众见面的。说真的，对于它的播出，我的内心既憧憬又忐忑。

人生就像一盒巧克力皮的百味果盒，打开之前你无法知道会吃到什么味道，但每拨开一颗果的巧克力皮，就都面临喜欢和厌恶的风险。在"未知"与"想知"二者之间，您会作何选择？我想每个人都会有自己的答案。

12. COFFEE

接受不完美

对于生活，不同的人有不同的感悟。有人认为生活是一支万花筒，我们可以肆意妄为地大胆旋转，寻找那些自己喜欢的式样。收藏星巴克杯的人可能会认为生活就像杯子里的咖啡，不是甜就是苦；或者把生活同杯子放在一起，认为它俩其实像极了哈哈镜。

同样是星巴杯收藏者，我拥有一只蓝宝石色的星巴克杯子，曾经，它以其别致的色彩和造型，而被我当作心头爱。后来这只杯子遭遇一次"不幸"，它才成为我壁橱上的摆设品之一。

这只杯子的"不幸"命运发生在我参加《乡村大嘴巴》戏的拍摄。戏中我出演的是一位特别热心肠的媒婆。当时我随身带的，就是这只蓝宝石杯子。然而开拍没多久，这只杯子就被场务助理不小心给摔到了地上，

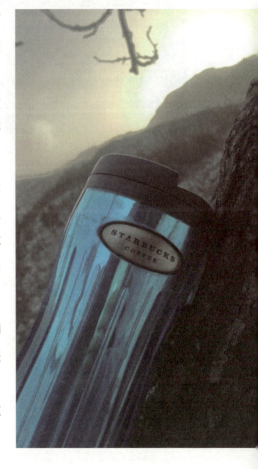

不要把梦带进棺材，美梦并不仅仅属于年轻人，而是属于活着想做事情的人。

结果杯子的手柄摔折了，我一看它在地上的惨状，当时心里不知为何，怎么也压不住那种难受。

我是金牛座，是一个倾向完美主义的女人。"宝贝"遭遇不幸，情绪也被煽起来了。我对助理发火，说："天啊，你摔了我的饭碗都好，什么东西不怕，哪怕丢了钱都没什么，但我真的特不愿意看到我的杯子在我眼前从完美无缺到现在这样残缺不全！"

当时助理连忙鞠躬说了好几声对不起，我还没消火，无奈只好宣布它退役。许久以后，丈夫在装修房子时找回了一墩维纳斯雕像，看到客厅摆放着的这墩安静的美女雕像，我若有所思。我对那只被摔折手柄的杯子产生了联想。是啊，华贵的杯子也可以像维纳斯一样，就算残缺，同样能体现出残缺的美，不是吗？于是我给蓝宝石残杯起了个名字——"蓝色维纳斯"。因为杯子是蓝色，而且蓝得特别鲜亮，非常具有生命张力。

再后来有一天，我在家整理一大堆杯子的时候，忽然发现这只"蓝色维纳斯"手柄像从前一样还在杯子上，我以为是我在做梦，后来一想不对啊，这是谁帮我粘的呢？丈夫看了我一眼，对我说："儿子不在家，家里还有谁帮你弄这些玩艺？"听完心里有股暖流要涌出来，很想抱头痛哭。感谢他在我人生中的默默陪伴。只可惜后来我再次尝试着用它喝水，结果手柄还是掉了下来，但丈夫为我粘手柄的记忆我始终记忆犹新。这比任何节日间送的礼物都要好。

还有一只绿杯子，现在住在德国。为何它会离我这么远？因为和朋友王勇夫妇去德国旅行，我把它遗忘在住宿的旅店了。事后我曾想要给那间旅店打电话，让他们把杯子寄给我，王勇却告诉我，你把杯子放在那里，谁用其实都是一样的。我想他的话是对的，就不再坚持。是啊，人总是对很多东西太过执着，杯子留在那里，别人也是可以用的。原来金牛座的女人也是可以接受不完美的。

不要把梦带进棺材，美梦并不仅仅属于年轻人，而是属于活着想做事情的人。

13. COFFEE

亲情的爱，不可以沉默

我有一只绿色的星巴克保温杯，除了杯子是绿色的，竟有一个绿色的皮套。皮套上用红色的线镶嵌着"星巴克"的英文字母，非常漂亮，基本是意大利风格的手工作品。在刚买到它时，我还特地找朋友按照这款杯子的绿皮套样式，去王小灿工作室定做了一件同款的衣服，真是有点疯了。

这款保温杯我用得时间并不长，算下来也不过才100多天。当时我接了一部《最亲的敌人》电视剧。戏中的角色是我出演的众多戏中非常难忘的一个形象，不再是那种面朝黄土背朝天的农民妇女，而是一位学识渊博的知识分子。

片子的主人公是一位母亲，她很想了解自己的女儿，却怎么也不知道如何表达爱，双方零交流，渐渐地陌生、疏远，最后万万没有想到自己的女儿居然成了自己的敌人，最亲近的敌人。拍完这部片子，我心里很难受，我觉得可以用一首歌曲的名字真实地表达这位母亲对女儿的这种爱，叫《爱要怎么说出口》。

其实不仅在中国，在世界哪个国家都一样，做子女的如果和自己的父母亲出现交流瓶颈，对亲情都是极大的杀伤。因此学会与亲人交流，我觉得是一件特别重要的事情。很多中国人推崇"沉默是金"，意思是你越不说话，越让人觉得你可敬可畏，底蕴深厚；相反，假如总是像黄鹂鸟那样叽叽喳喳说个不停，就是轻浮浅薄，容易让人生烦。我不过分强调"沉默是金"，我想如果大家都把"沉默是金"当作生存之道，那么这个世界就会处处都是"最亲的敌人"。

我是话痨，而且心细，而我的丈夫却不怎么爱说话，我们都认为这是上天安排的性格互补，却丝毫不会阻碍我们之间的有效交流。我的儿子曾经说："老妈，你就算以后不做演员了，还是有很多职业可以选的呢，你有一种别人很想与你倾诉的魅力。"

其实我身上的一些好亲近的特质，应该归功于自己母亲对我从小细致入微的培养。母亲不仅在话语表达上磨砺我，在我行为上，也倾注了不少心血。比如让我去给隔壁邻居家送一盘饺子，回来母亲就问我，怎么样？我都会把刚才看到的几个人的神色都学给母亲看，模仿出来当时的样子。我是个草根演员，没上过什么演员职业院校，但打小时候母亲对我的言传身教，也算是我走上演员道路的第一所、也是唯一的一所学校了。后来在学校读书，我很

不要把梦带进棺材，美梦并不仅仅属于年轻人，而是属于活着想做事情的人。

喜欢和小伙伴们聊天，渐渐地变得很会聊天，很会说。小的时候会说，大了
下乡当知青也会说，在台上说评书讲故事更会说，而当时我的老师就是袁阔
成老师。

我从艺正是从讲故事起步的。来到北京后，拍戏以外的采访的机会越来
越多，这使得我本来就不错的表达能力又得到很大的提升。现在我又知道了
个新词"分秒量"。我愿意在最短的时间里介绍我自己，在最短的时间里讲

精彩故事。

《最亲的敌人》里女儿临终是给母亲写过信的，很感人。但遗憾这部片子最终没有呈现给大家看，原因是片子反映得过于真实，难免也揭露了一些消极的东西，不利于青少年的成长。但对我而言，它就像我十月怀胎却始终没有孕育出来的孩子一样，所以在知道影片无法放映的消息后，我就很少触碰这只绿色的保温杯，因为爱得深刻。

这只杯子和我共同参与了这部戏的拍摄。记得有一场戏，在开拍前，我居然忘记把杯子放在镜头之外了，结果在我毫不知情的情况下，被道具师给它喷上了碧丽珠，原因是它会反光，影响拍摄效果。等到戏拍完，晚上想用它，拿在手里，杯子早没有咖啡的浓香，而是特别刺鼻的碧丽珠的味道。我当时心里很难受，赶紧找片场的师傅借洗洁精，洗了一遍又一遍。但每次的反复冲刷，杯子似乎在和我说："天啊，你放手吧，我已经遭遇碧丽珠，您就别用洗洁精再毁我了。"就这样，我停止了刷洗。

之后好久没有再去碰这杯子，当我再次打开时，发现里面早已锈迹斑斑。丈夫劝我把它扔了，我说它一直陪伴着我从片子开始到结束，就让它和《最亲的敌人》一起封尘于沉默中吧！

不要把梦带进棺材，美梦并不仅仅属于年轻人，而是属于活着想做事情的人。

14. C O F F E E

苦苦的甜蜜

2009年，江小鱼导演找我拍一部电影，中国第一部由现实中的农民工担任主角的电影，片名叫《暴雨将至》。主演谭双健，我演谭双健的妈妈。当时小鱼导演问说需要多少片酬呢？我愣了一下，说我不要钱。我想，这是为数不多我为农民工做的一点事情，我不能要钱。

在拍摄现场，在剧中饰演儿子的谭双健跟我拍完戏后，突然问我："方老师，我能背一背你吗？我能背你走一段吗？"我心里一动，问他："我是不是真的像你的妈呀？"再一看小谭，此时他的眼泪已经流出了眼眶。这时候我才知道，谭双健作为农民工的一个头头，在奥运会前承建了水立方和鸟巢的部分建筑工程，工程量还真不小。就在工程进展到最最紧张的时候，他的妈妈在河北得了重病，家里人要求他回家。他说："不行啊，就要完工了，奥运会就要开始了，我真的不能回去，你一定要等我呀妈！"中国有句老话，忠孝不能两全。儿子为了奥运会工程能够如期完工，留守在工作岗位；妈妈去世了，最终没有等到亲生儿子。

听完谭双健的故事，我跟导演说，导演让他背我吧，机器打开，可能有一些闪光的东西，比剧本还感动人的东西。江导演听了我的话，全场一级准备。

在演之前，我问了小谭，知道他的妈妈的名字叫金兰。于是我仰天呼叫："金兰你在哪里？你看见没有，儿子双健心里觉得对不住你，到现在都觉得对不住你，因为我长得像你，他要背着我走一段，就像背着你。他要了却他这份心中的遗憾。"

谭双健背上我缓缓前行，我还在大声地呼叫："金兰你听到了吗？你看见了吗？"等我俯下身，伏在双健肩上的时候，双健早已泣不成声。很显然，他背着我，泪如雨注地走了长长的一段路。小鱼导演告诉我，加演的这一出，这是全剧最令人动容的一场戏。

后来中央电视台请我去做节目，主题是为农民工讨薪，我讲了农民工谭双健坚守奥运建筑工程的故事。现场有个律师反驳我，他说比这还惨的事多着呢，中国这么大，同情得过来吗？他的话还真代表了一小部分人对弱势群体的排斥心理，这让我心里很冰凉。我当时心想，我家的阿姨是农民，小区的保安是农民，剧组的工作人员很多是农民，我的助理也是农民的女儿。我拿着丰厚的演员报酬想到他们，我会觉得很惭愧，我站在领奖台上他们却什么名字都没留下，我会觉得很遗憾。没有他们我哪能放下家里日常生活，安

不要把梦带进棺材，美梦并不仅仅属于年轻人，而是属于活着想做事情的人。

心地去从事影视工作？他们的付出和努力不值得用爱和尊敬予以回报吗？

《暴雨将至》的电影首发式在世纪广场举行。我买光了星巴克一家门店当天所有的食品，包括咖啡、果汁、蛋糕和点心，连棒棒糖都没落下。然后叫人送到发布会上，请到场的每一位农民工喝星巴克的咖啡，尝星巴克的点心。因为那份经历过水深火热的煎熬之后的味道，因为那份苦苦的甜蜜，恰恰是我对农民工的理解和敬意。

后来双健跟我成了很亲的朋友。他时常提起他进剧组当天的情景，他看见我抱了几个西瓜给大家分着吃，还给剧组的农民工兄弟买酱肉花生。他说他当时还以为我是剧组管后勤的呢。我说，农民工兄弟在拍摄现场飞跑的步伐让人敬佩感动，我特愿意这么做。

现在谭双健不叫我方妈妈，而是直接叫妈妈了，我也就叫他好儿子。这个亲妈弥留之际都没能见上一面的农民工，虽然勤劳致富比较早，但身上始终保持着农民天生的质朴，我觉得我能做他的妈也是一种荣幸。

Part 3 女人

1. C O F F E E

小杯子，大精神

我常常想，假如附加于正常生活的东西都是一场意外，那么人们每天枯燥无味的生活是不是会多出了一份期待？而期待的可能是会让你很欢乐的，也有可能是会让你很悲伤的，但尽管如此，好像生活因此会变得有趣得多。

比如我曾经很无聊地观察过我接触的人群，我发现竟然有98％的人拿杯子都是因为口渴了想喝水（酒杯除外），除此并无其他特别之处。而我

则属于其余2%的人。因为我拿着杯子的时候，不仅是口渴喝水，还会想到它的其他用途。比如说我最近随身带着的这款来自星巴克的杯子，它就是多功能的器皿：时而可以变成一位优雅名媛给我提供精致的咖啡，时而可以变成一位贤良主妇给我带来各类汤粥，甚至还可以变成一位雪山冷美人给我提供冰镇饮品。

我真不是在说大话，我买的这只星巴克的杯子就是有这么多管用的功能。当然还有更神奇的妙用，那就是它能适时地充当起我的精神调节器！

在我2013年参加北京卫视真人秀节目时，就有这么一段体验。我们在云南山路夜行车的时候，车的颠簸让我心里有些发慌，这时我就双手紧紧握着星巴克杯子，好像立刻就有了一种不可言状的安全感，我再喝一口杯里的西柚汁，心里就更安稳了。

这只杯子是我在去昆明机场路过星巴克门店时买的。当时付完款之后，门店又送了一份由星巴克礼品纸包装的礼物，说是希望在炎热的夏天给我们带来一丝清凉的暖意，我当时真的很开心。女人总是喜欢这种有情调的小瞬间。我觉得星巴克人性化营销做得特别好，他们总能让顾客在享受美味的咖啡同时，感受到一份意外的惊喜。当然我想说的不仅是礼物本身，更重要的是星巴克的环保意识做得也非常好。礼物的包装并不华丽，但却显得朴实、温馨。这也是星巴克这么多年来一直在做的事情。本想立即打开礼物，但心想着倘若在蓝天白云里拆开礼物不是显得浪漫有趣得多吗？

于是带着这份意外的浪漫，我登上了去往北京的飞机。那天机舱内乘

不要把梦带进棺材，美梦并不仅仅属于年轻人，而是属于活着想做事情的人。

客并不多，我是坐在靠窗的位置。等飞机滑翔到平流层，我才开始将礼物打开，里面装的竟是一只憨憨的绿色小熊。太可爱了！我又是亲又是揉，然后还傻乎乎地把小熊放在窗子那儿，让他瞧瞧这外面的世界有多美，比如湛蓝的天空，比如棉花糖般的云朵。哦，还有美丽的空姐！

　　回家后，我只顾和丈夫说这只杯子，说小礼物，然后把杯子和小熊放在凌乱不堪的茶几上，使得这只杯子和小熊在凌乱的茶几上显得特别的突出。看着它们，脑袋突然蹦出一个很有趣的想法。我立即从沙发上起身，直冲到书房拿出相机把它们都拍了下来。丈夫当时还很疑惑地问我拍这干啥，我说这就是生活啊！丈夫好像明白我的用意，居然望着我笑，说："行啊，你今天做得特别棒！生活就是要这样子，人也不能总是紧绷着一根弦，偶尔适当地放松下，休息一下，享受一下，这才是生活给我们带来的乐趣。日子是用来自己享受的，不是过给别人看的。"听了老公的话，倍觉舒坦，每次和他聊天，总是受益良多。

　　之后这只杯子在朋友面前也大放光彩。那是在去瑞士旅行的飞机场，我用杯子给同行的娟娟做了冰镇樱桃。她一边吃一边问我："这么炎热的夏天为何有如此好吃的冰镇樱桃，你是怎么做到的？"我当然很乐意告诉她："因为有它——我的星巴克杯子及我的满满爱心。"当时娟娟还夸我是位好王婆，就算以后不做演员，做销售也是顶呱呱。

人这一辈子不长也不短，如果遇到一个懂你的人就非常难得。我周围的一些朋友对我痴迷星巴克的原因其实并不是很清楚。他们会认为我迷恋的原因是咖啡，是杯子，是巧克力抑或是糖果，但其实这些根本不足以让我着迷。我不是一个朝九晚五，有着很固定时间的上班族，我的工作就是必须马不停蹄地在各个剧组里辗转，一天长达数小时地拍戏，吃饭时间也不固定，就算法定节假日都不得休息，不能和家人团聚。但星巴克像家人一样，每当你去一个地方，当你找不着吃饭的地方，她总是有办法让你很快可以遇到她，有时还会给你制造意想不到的小惊喜。

我特别感谢苏小明，要不是当初她把我带进星巴克，很可能我一辈子都不会自己走进去，也不会喜欢喝咖啡，更不知道这个咖啡店的名字叫星巴克。现在可以说，正是因为有了它的陪伴，我的生活才变得多姿多彩，我的精神才每天都如此的饱满。

我想如果有一天我遇见星巴克的创始人霍华德先生，我一定要亲口告诉他：谢谢你，霍华德先生，你给了我这么棒的咖啡；谢谢你的杯子，它虽然小，却给了我一往无前的大精神！

Part 3 女人

不要把梦带进棺材，美梦并不仅仅属于年轻人，而是属于活着想做事情的人。

2. COFFEE
不负感恩的心

橱柜上摆放着的16号杯，若是只论形状，这只杯子极为普通，在星巴克门店里随处可见。我之所以喜欢它，是因为它着的是中国传统的朱砂红。这种有"中国红"文化表意的杯子在店里很少见。买这只杯子时，正好赶上了我发小兰芳儿子的婚礼日，当时我乘坐的飞机刚降落在深圳机场。

我和兰芳已经好些年没有联系

了，那天突然接到她的电话："卓子，是我，儿子要结婚了，你过来吧！"真是赶巧了，要是早十分钟，我还在飞机上，她根本联系不上我。赶上好时日，我一口就应了兰芳。

我回家换了套礼服，是平时自己很喜欢的祖母绿色连衣裙，然后就赶去参加兰芳儿子的婚礼。

作为贵宾，我还被特邀在台上发表了即兴讲话。那天来的朋友很多，大家喝着用高脚玻璃杯装进的葡萄酒，就这样你来我往的，在交谈中互相说着美好的祝福。可能是那天自己太欢乐或是葡萄酒喝多了的缘故，竟不小心将暗红汁液洒在我喜欢的绿裙上，于是赶紧放下酒杯去了洗手间，但是特别遗憾，酒液怎么洗都洗不掉，当时情绪还受了点影响呢。

后来，我在《女人书》中写到如何感恩这个问题时，想到了情绪自控话题，我觉得自己在这方面是比较浅的，于是我刻意开始训练自己，训练自己遇到意外的难题时，怎样用感恩的心去坦然接受，经过一段时间的历练，慢慢有了一些体会，而后当我再穿起那条被暗红的葡萄酒液浸染的祖母绿连衣裙时，不仅不会介意它那微小的瑕疵，但凡有人问起，我会说，看，这是婚礼祝福留下的印记呢！

我发现人若能树立起感恩的心，就会特别在意人与人之间的缘分。记得有一次我乘坐的飞机中途出了机械故障，当时机组人员给每个乘客发了纸和笔，吩咐大家留言，搞得乘客都很不安，很害怕。我也很害怕，但当我看着四周有那么多人，忽然觉得没什么可害怕的了。是啊，一群互不相识的人竟

不要把梦带进棺材，美梦并不仅仅属于年轻人，而是属于活着想做事情的人。

清青－卓见

142

然可能会在同一时间以同一种方式一起赴死，这是多么奇妙的缘分啊！

可能是多年演员职业养成的习惯所致吧，我的思维一直特别感性。尤其是在情绪调节时，思维通常是"天马行空"级的。记得当时机舱里很多乘客交了留言，我却连一个字也没写。当收乘客留言条的乘务员路过我的身边时，我干脆闭上眼睛，假装睡着了。趁着闭眼的工夫，我的脑际掠过一出超级幻想，我幻想着一场天灾人祸把我们飞机上的一群人的死魂灵送到一个灵异世界，在那里，我们重新认识，还选举组长和各级官员，呵呵，我被推选为妇女主任，我要准备一篇就职演讲，我讲什么呢？好吧，我就讲我们从哪里来，为什么来，将来去哪里好不好？我上台了，可是还没开讲呢，大家就一阵鼓掌，为什么要鼓掌？哦，原来大家都认识我。我是演员……

我的"天马行空"这才开始呢，另一种声音传来，这回不是掌声，而是清晰、柔和的乘务播音："本架飞机的机械故障已经解除！"接着是几句极专业、极有水平的致歉。

在机舱一片欢腾中，我微微睁开眼睛。

坐在我身边的小伙子问我："方阿姨，您真是皇嫂，竟没有一丝害怕？"我说："怎么没有害怕？不怕是假的，只是我用了一种特别的武器来镇定自己，这个武器叫作'权当已休克'。"

小伙子说："好啊，现在复活了，我得祝福您。"

我说："彼此祝福，彼此感恩吧。更重要的是，我们都得感天地之恩。"

……

从绿色连衣裙到飞行历险，这两件看起来互不搭嘎的事情，虽然都已经过去好些年了，但留给我的启示却一直是很深刻的。绿色连衣裙沾上葡萄酒，这件事情就像我橱柜上的那只16号杯一样，普通得很，但却成了我练就感恩心的起点，从此我学会了情绪自控与适事转移，而飞行历险的经历，则考验了我的意志与自控能力。两件事情综合起来，我的感悟是：平凡的世界是用无数的不平凡支起来的。我们活在平凡世界里，只有对一切的不平凡（包括危难）存有感恩心，才能无愧于我们的生活。为了帮助我的记忆，我将这只普通的"中国红"杯子列为序号16，并收藏于我的橱柜中，每每看到它，就会想起连衣裙的事情，继而从连衣裙展开更多关于成就我感恩心的联想。

　　前些日子，在朋友的一次聚会上，一位小女孩跑过来对我说她很喜欢我，我说为什么，她说因为我像一株向日葵，感觉特温暖。孩子的话里没有感恩这个词，但她的表情却极尽了感恩的元素。我当时在想，孩子尚且如此知道感恩，何况我们大人？

不要把梦带进棺材，美梦并不仅仅属于年轻人，而是属于活着想做事情的人。

3. COFFEE
两个老"少女"

如果我说气球是我做孩子时候的奢侈品，一定会有很多现在的孩子说我骗人。骗不骗人不重要，重要的是我现在橱柜上有一只杯子，它就是带有气球图案的，而且我视它为不可多得的童友。

说我有气球情结？这就对了。那个年代的我跟现在的孩子真没法儿比。现在孩子随便一个电动玩具所花的钱，够在我们那时代一家子的孩子玩几年。至于气球？唉，别提了，摸过几次，却不曾拥有过。长大后，事见多了，经历也多了，渐渐地对气球的兴趣也就不那么执着，但逢得参加什么活动，只要看到气

球，总爱带几只回家。有人曾好奇地问我原因，我说我也不知道，或许这只是圆梦，圆一个有气球的童年梦吧。

回说星巴克的那只带气球图案的杯子，当时买下它时的动机，其实也是为了圆这个梦。记得我买下它后，正好要去赶飞机。当时在机舱座位上拿着它看了又看，竟然还情不自禁地亲了它一口。我的这个举动竟被空乘小姐看到了，她走过来问："方女士，您是不是想喝点什么？"

后来，这只杯子见证了一段很特别的友谊。

那是2008年，我在北京接待了韩国演艺圈"国母"高斗心，想想和高斗心的结识已有20年之久，我

不要把梦带进棺材，美梦并不仅仅属于年轻人，而是属于活着想做事情的人。

便很自然地邀请了她来家里做客。我说我要亲自给她磨咖啡，请她从我的橱柜中任选一个她喜欢的杯子，她对我收藏的杯子赞不绝口的同时，取出了一只。我一看她手里拿着的，正是那只带气球图案的杯子。

天哪，高斗心居然也喜欢这杯子？这其中必有缘由。后来听她一说，呵呵，跟我童年的境遇果然一样！高斗心说："这只杯子不仅漂亮，还是一本历史书，看着那升腾的气球，就有种回到童年的感觉。"

知己，知己啊！之后，傍着香气袭人的拿铁咖啡，我们谈了很多。

我们回忆我们的相识，那是1988年4月的东京。我们代表各自国家的影视圈，去参加首届亚洲电视研讨会，我们一见如故，临别时，还互送了礼物。高斗心送给我的是她参加开幕式穿的礼服，传统式紫红色长裙，配一件浅粉色的上衣；我送给她的是从北京买的一件毛衣。

由于我和高斗心年龄相仿（高斗心比我大四岁），所饰角色相近，我们虽然20年没见面，但隔三岔五的电话沟通与交流却是从不间断的。

我们还聊起了各自的少年时代、事业和家庭，还谈到爱情。斗心问我："卓子，你几岁踏入这行？"我说："19岁。"她笑："那你现在还是个少女。"我说她也是，她说："头发都快白了。"

"少女跟年龄哪有关系？我看呐，此时此刻，咱俩都是少女。"

她看着我，又意味深长地摸了摸杯子的气球，使劲儿点头。

我告诉她，要把这只杯子送她做纪念。她非常高兴。

在我给杯子找盒子进行包装时，高斗心提议要请我去望京看看，尝尝她家乡的食物。据高斗心说，望京是北京韩国人聚集最多的地方，那里的美食应该算是比较正宗的韩式美食，喜欢吃韩式美食的朋友都可以来这里。我爽快答应了，吃完韩国各种正宗的美食后，巧了，隔壁就是望京的星巴克咖啡店，斗心问我要不要去那坐会儿？

我说："当然去！"

一个普通的夜晚，见了不普通的老朋友，又喝了星巴克咖啡，那么就是咖啡味道的记忆了！我问高斗心："10年后我们再见面，还要喝星巴克吗？"

高斗心笑了："当然！"

由于高斗心这次中国行的目的地不只是北京，还有去别的地方的计划，我不便久留。次日离别时，我总觉得有什么事未了，等她上专车时，我突然想起来："哎呀，糟了，我送您的气球杯子——我给您寄去！"

高斗心笑说："不要寄，面送的才算。先借您用吧，替我保护好，下次我回来取！"

不要把梦带进棺材，美梦并不仅仅属于年轻人，而是属于活着想做事情的人。

4. C O F F E E
伟大的母亲

这是一只由星巴克造的品红色杯子。杯子模样很普通，但于我收藏它的初衷而言，却是不普通的。因为它像极了我的母亲。

我的母亲今年84岁了。她热情、开朗、坚强，我的性格很像她。为我起名卓，是对苏联卫国战争女英雄卓娅的敬意。直到中年自己做了母亲才理解母亲的用意，才明白坚强两个字的力量和含义。

母亲的浪漫情怀，应该是她血统中有一半俄罗斯血统（我的姥姥）。母亲非常喜欢拍照，上世纪50年代就拍照了，每逢我的生日，一定拍一张母女合影，然后让我自己再留一张，那个年代能做到这样，太不容易了！所以，我知道自己是怎么幸福长大的，这要感谢我的母亲！

母亲特别喜欢下雪天。记得就在去年，已过耄耋之年的母亲还在楼下和清洁阿姨一起堆雪人，还和她们拍照，最后母亲把自己织的围巾围在了雪人的脖子上，还用一根胡萝卜给雪人做鼻子，好像这雪人是母亲的孩子。谁能相信，第二天早晨太阳出来的时候，母亲已经把洗印的照片交给这些清洁工了。

母亲还乐于助人。有一年夏天，公园里见一家人玩耍而没有拍照片（那

个时候没有拍照手机），母亲上前问：为什么不拍照留念呢？才知道是外地来北京打工的农民。母亲立刻热情地为他们全家拍照、为夫妻俩拍照、为孩子拍照，然后交待他们等着。母亲以最快的速度跑进附近的照相馆，洗了照片后，如愿地交给了他们。那位妇女紧紧拉着我母亲的手，高兴得眼泪都流了下来！母亲每说起这件事心里都是无比激动：我一个老太太能为农民工做点小事，应该！太应该了！

在俄罗斯有个对死亡非常美妙的解释，就是睡觉。只是在另一个房间睡觉。母亲常常告诉我，像她80多岁的人应该早有这样的准备，你到一定年龄也要有准备。有一次她很严肃地对我说："小卓我这一生因为有你，感到非常的幸福。也许今晚儿通完电话以后明天我就消失不见了。但记住我只是去了另一个房间睡觉了。所以请你不要为我过多的担心。"母亲就是这样子的一个人，热爱生活、热爱生命，从不惧怕死亡。

关于死亡的记忆，我比任何人都要来得深刻。在我8岁的时候，妹妹小霞就走了，母亲扯着我的手来到太平间，我不停地哭着，握着妹妹冰凉的小手，企图用嘴哈气为妹妹取暖，母亲被我久久的哈气给弄哭了。她说："小卓，妹妹不会再热了，她走了，离开我们了，你再也不能见到她了，这叫死亡。"母亲坦率地告诉我什么是死亡。虽然当时我还懵懵懂懂，但却是很害怕的。当然让我更为吃惊的是，母亲还具备了常人所没有的崇高母爱。她将妹妹小霞的身体无偿捐献给了大连医学院。母亲说，小霞得的是白血病，现在国家的医疗正需要遗体研究，因此她要把妹妹的遗体捐献给国家研究机构。当时为了妹妹这件事，全家难受了好久。

每次回想起当年母亲居然把只有10个月大的妹妹无偿捐献给国家医疗事业的时候，都要感叹她真是太伟大了。目前中国需要器官移植的病人已达到15万人，每天他们都活在那儿等着器官移植。而每年得到移植的人数却只有1万人，十五分之一，并且移植并不等于全部康复，想着心里就害怕。母亲在她75岁那年曾立下遗嘱，说她走了以后，要将自己的身体捐献给国家。

因为有了母亲捐献小霞遗体这样的榜样，我很早就和医院签署了当自己离开以后，把眼睛捐献给国家的一份协议，希望可以帮助到需要的人。后来我把捐献眼角膜这事告诉了母亲，母亲问我，为何你只捐眼睛？母亲又继续对我说："小卓，你不是我的孩子，我的孩子应该像我一样，有舍身救人的精神。"听完母亲的指责，我思量了好久，决定这次新年后给医院打电话，重新签署一份新的协议。一来是可以做一点有利于人民的事情，拯救更多的年轻生命，对得起现在自己的称号——人民演员；二来我要做母亲的好女儿，像雪孩子一样的好女儿。

看着这个品红色的杯子，感觉母亲就在身边，她一直鼓励着我说，妈妈做得到，小卓你也应该可以做得到！这是一个以爱为名的杯子，以崇高母爱为名的杯子。杯子里有梦想，有亲情，有爱情，也有咖啡的浓香，更有沉甸甸的责任。

不要把梦带进棺材，美梦并不仅仅属于年轻人，而是属于活着想做事情的人。

5.
为儿子骄傲

　　6号杯，绿颜色。它对我来说就像情人一样。因为它是儿子在美国读书时为我买的，儿子是我的情人，杯子和儿子一样，也是我的情人。

　　对于儿子，真的是有太多太多说不完的话。我36岁产子，新生命的孕育总是有着别样的感受。我想要把这些感受都给记下来，于是便有了长期写日记的习惯。记得有篇叫《伟大的日子》，写的就是初为人母的那种喜悦。

　　和天下所有的母亲一样，我也十分疼我的儿子。我每天最喜欢做的事情就是可以看着他，哪怕是静静地看，甚至不需要交流，也同样可以满足。

儿子从小就是肥胖儿，一直在20岁之前都是，所以那时候我们大人常逗他，喊儿子为"小肥子"。后来发现，不仅我们喊他，他的同学、朋友也这么喊他。儿子被大家喊绰号喊急了，下决心要减肥。本来我们不太赞同他刻意去减肥，只要身体健康就好，但儿子非坚持不可，后来他赢了，体重从原来的240斤减到150斤。我不得不由衷地感叹，儿子太有毅力了。

但是很快因为他减肥过于迅猛，导致身体出现了问题，儿子患了胰腺炎，幸好后来抢救成功了。就在那一刻，儿子开始对生命有了新的认识，并有感而发写了一篇叫《我》的小文，当时读完，心里觉得酸楚又幸福。因为儿子拥有完全独立的人格，我为他的成长而感到欣慰。

我还记得儿子上四年级的时候，当时他们学校有个英语比赛，儿子英语不错，也参加了这次比赛，并且获了奖。对此，儿子并不满足，他回来对我说："妈妈，我还要拿全昌平区的奖！"

我当时说："好，妈给你加油！"后来昌平区的奖也拿到了，儿子又说："妈妈，我要拿全北京市的奖！"我开始担忧了："儿子，千万不要有这样的想法，你只要努力就好，拿不拿奖真的没关系，尽力就是最好的奖了！"后来有一天我在外景地，儿子的班主任打电话给我，我一听说是老师的电话就非常紧张，以为儿子病了或者受伤了，所以心里特别的着急。儿子的老师慢声细语地跟我说："方老师，你不要着急，你儿子获得北京市级的奖了。"我高兴极了，说："市级的奖都拿到了，这孩子怎么也不自己给我打电话呀？"老师说："是你儿子让我给你打的，他说因为怕妈妈不相信他

不要把梦带进棺材，美梦并不仅仅属于年轻人，而是属于活着想做事情的人。

可以拿奖。"当时听完电话感触很深，作为一位母亲，总怕自己的孩子受到一丁点伤害，所以孩子走一步你说好，走两步你说加油，走到第三步就开始担心害怕了，并不停地提醒孩子不要再继续往前走，因为可能适应不了。记得我在儿子很小的时候曾写过一篇诗，叫《我多想》："我说我多想把黑夜藏起来，让你永远不知道恐惧，永远生活在白昼里面。我多想把寒冷藏起来，让你永远不知道寒冷，永远在温室里长大。"

现在想想，父母对孩子的爱不应该是过分的溺爱，而是要让孩子知道：在有阳光的地方旁还有一个地方叫黑暗；在漆黑的夜空中一定还会有一颗颗闪着光亮的星星。人生就该是这样子，有阳光有黑暗，而黑暗里又会有一些些美丽的繁星，它们时时刻刻都会让你充满激情、充满好奇地探索着这些未知。毕竟每个人的人生并不一样，就像同一棵树上的叶子形状都未必是相同的一样。让孩子从小就能具有抗压能力——才是父母给予孩子的爱。

就像儿子小时候在劳动公园玩爬网子游戏。在他前面很多小朋友都爬上去了，他当然也不肯落后，也慢慢地爬上了最高处，然后看着我，并说："妈妈，我有点害怕。"我听完，马上跟老师说快把他抱下来。现在想想真是不应该。可惜已经回不去了。如果世界上真的有时光隧道，有时光穿梭机，我一定要回到那个时代，我要对儿子说："孩子，你行！加油！"

让我欣慰的是，孩子其实一点都不胆小，相反比我胆大多了。每当我看着儿子送给我的这只小绿杯子，我的心里真是五味杂陈。因为工作性质，我和孩子总是聚少离多，想想真的很遗憾。有一次，电视台一个栏目记者

采访我时说："方老师你知道不知道，你这个明星光环后含着你孩子多少眼泪？"我当场就哭了，真是这样。

现在儿子渐渐长大，越发像个男人了。记得有次我看了一部电影《母亲的眼睛》，很感动。我才知道一个人要是永远睡去她的眼角膜其实可以拯救8位盲人。后来我写过一篇类似的散文，叫《我的眼睛》。我说我要捐出我的眼角膜，并打电话给同仁医院说起捐眼角膜的事情，但医院说必须得有

不要把梦带进棺材，美梦并不仅仅属于年轻人，而是属于活着想做事情的人。

丈夫的签字，我问如果丈夫不签怎么办？医生说也可以让自己的直系亲属签字，如果都不行，那就不能捐献了。后来儿子过18岁生日时，我对他说："儿子，妈妈给了你生命，今天是妈妈的受难日，请你答应妈妈一件事。"儿子问："什么事情？"我说："你必须先答应我，我才能告诉你。"他便答应了。就这样，我把想捐献眼角膜的事情告诉了孩子，希望在今天他可以同意给我签字。没想到儿子居然说："可以给你签字，但是有个条件，你把我的也捐献了吧。"我当时听完很感动！我知道我的儿子是个好孩子。

今年儿子24岁了，是一位有担当有胆识的男人了，但想起《人群中的小男孩》这篇散文，就看见那个"小肥子"正朝我微笑着跑过来。

6. COFFEE
五个瓣的丁香

俄罗斯有一个谚语，说"如果能找到五个瓣的丁香，你一定是世界上最幸福的人"。我的姥姥找了一辈子没有找到，我的母亲找了一辈子，她80多岁了，也没有找到，而我却在星巴克的杯子里找到各种花朵的花瓣。这五个瓣的叶子虽然不是丁香花的叶子，但它是星巴克的叶子，这个叶子它永远不会凋谢，和星巴克的杯子在一起，飘进我的咖啡里，印在我的眼睛里，镶嵌在我的心里。我知道，我是世界上最幸福的人！

我爱给星巴克的杯子起名字。有一只叫"邂逅"，每次拿起它，心都会轻松一下。依

不要把梦带进棺材，美梦并不仅仅属于年轻人，而是属于活着想做事情的人。

稀记得那是某一年的圣诞节，戏拍完了，正好腾出一段空闲日子在家修身养性，而我每天最开心的就是与家人腻在一起愉快地生活。

那天我起得很早，先是美美地给自己梳洗一番，再开始准备早餐。丈夫和儿子醒后看到桌子上的早餐，来回打量我，丈夫突然对我说："卓子啊，你是不是今天要去片场？"我说："当然不是，这段时间在家休息呢。"丈夫又问："那你今天这么早起床，该不会是见哪位老朋友吧。"我哈哈大笑："BINGO！"丈夫被我的傻笑给逗乐了。

我的老朋友其实就是星巴克。这么多年，不论在哪里，拍戏的地理条件有多艰难险恶，只要有星巴克的陪伴，心里都会觉得很温暖，工作劲头永远是100分。

那年北京的圣诞节很特别，没有刮大风，没有雾霾，有的只是和煦的阳光照耀着北京。我在想，老天一定是知道今天是很欢乐的节日，更知道我要与老朋友约会，所以尤为地关照。我太开心了。

我悠闲地在街上晃着，来到离家较近的星巴克门店。跟服务员叫了一杯我永远的拿铁，静静地坐下来，但这次我选择的位置是店中间。因为人少，可以很清楚地看见服务员精心调制咖啡，我是非常享受这种过程的。待了很久，准备起身要走，想买一只杯子送给自己当作圣诞礼物，在陈列杯子的木板上左看右瞧，本想选择一款比较贴近节日气氛的杯子，可无意中看见一款造型独特的杯子。它没有圣诞的那种鲜红，也没有杉树的那种翠绿，它就是白白的雪花，而且是变形的雪花和好看的五瓣花组成，是灰色吗？哦，不是，是蓝色、浅蓝色又不是灰色，原谅我对于颜色如此外行的表述，因为太过特别了。我让服务员帮我打包好，并给它扎了个漂亮的酒红色蝴蝶结。哇，太喜欢了。

多年以后，这个杯子我一直都是在家里用，越用越发现这只杯子的好处。不仅是颜色，更多的是杯子内部的人性化设计，很贴心。就像是偶遇的人，日子久了发现他真的好。

我还有只杯子叫"恋月"，因为杯子上树叶金黄，很像饱满成熟的月亮。

当人们在谈论起树叶何时最美，几乎异口同声地会说出翠绿时，而我偏偏觉得最好看的树叶应当是金黄色，比最好的年华还要美丽。

这款杯子是由五瓣儿相同形状的黄色小树叶组成。花瓣儿的颜色像极了我现在的年龄，那个不再年轻的我，那个该改叫"方黄卓"但依旧名叫方青卓的我。

不要把梦带进棺材，美梦并不仅仅属于年轻人，而是属于活着想做事情的人。

突然发现人生真的很奇妙也很有意思。

我是个喜欢常常提醒自己的人，因为总是担心年纪大了怕尴尬地遗忘些什么，给周围的朋友带来麻烦。最近看到一句话印象颇深，我知道每条皱纹都是微笑走过的路。我想当一个人到了该知天命年龄的时候，在镜子前看到的那个自己，其实是有点陌生又有点熟悉的，并且这样的奇妙感觉每一年都发生细微变化。这是用任何高科技产品和高档保养品都阻止不了的，这就是岁月，但我却很喜欢，享受着。

现在我头上也有几根白发。记得第一次在镜子前发现白发的时候，我没有慌张、害怕，相反有着莫名的喜悦之情，为什么？因为我是东北人。小的时候每到冬天我总爱往外跑，和小伙伴们玩堆雪人的游戏。当雪花飘满整个头发，我就成了一位满头白发的老太太。现在头发上真的出现了几根白发，却让我想起年少时的快乐，我要把那份丢失的快乐拿回来变成游戏。从零星几根，慢慢变成满是花白。我想有这样一个浪漫心态去等待白发，不要胆怯，不要去染它，就等它，等待我的白发。因为它是我生命中的一部分，是我将来的历史，对吗？

还有只叫"韶华"。第一眼看到它，就想叫它"韶华"：最美的时光、年华。杯子镶嵌着枫叶形状的花瓣，像是散落的一些过了季的锈红色树叶，还有与泥土混合在一起的黑色树叶，非常好看。正因为有这几片不同组合的树叶，让人联想到生命的张力。

说起红叶，不得不说到咱北京香山。这是一个特别美的地方，一年四

季各有不同。它是继泰山、黄山、庐山、峨眉山之后举世闻名的中国第五大山。每转入深秋，都会有来自五湖四海的人聚集到这里看红叶。而很多人并不知道的是，如此好看美丽的红叶却是要经过一场暴雨的洗刷才展现给众人。去过香山的人总会用各种惊叹、讶异、欢愉的表情来述说它的美好。

记得有一次好朋友打电话问："你没上你们家那儿的香山看红叶么？"因为我们家离香山很近。我说每天都在这里呀。朋友又说："哦，你最近都不拍戏，天天都去那儿锻炼？"我说不是，因为我的杯子就是一座美丽的香山。朋友大笑，还在电话那头笑称我不愧是拍琼瑶阿姨剧的演员，浪漫细胞越发地增加。

现在只要去外地拍戏，在片场用起这只杯子，依然能让我感受到最初遇见它的美好模样，也让我想起家附近的那座香山，诗一般的浪漫红叶。

不要把梦带进棺材，美梦并不仅仅属于年轻人，而是属于活着想做事情的人。

7 COFFEE
小牙套的爱情

这个杯子杯底标签是3号，绿花杯。绿花的色泽像羞涩的青果。这让我想起儿子年少时的初恋。

那时候儿子约莫十七八岁，还在国外上学。他总跟我说，一位同学特别想见到我，而我总是因为工作繁忙拒绝他。这次他倒是显得尤其的耐心，像个念经的小和尚对我说了很久，最后我答应了。我笑着让儿子打电话给同学，等电话那头通了之后，我说，喂，同学你好！电话那头果然是有着银铃般笑声的女同学，说："您真的是皇嫂田桂花方阿姨吗？哇，我太激动了，阿姨。"我被她的笑声感染了，想来一定是位好姑娘。于是回头看了儿子一眼，心里暗笑。

第二天，我和儿子叫了辆车很早就去了机场。到了机场，我把自己的衣服稍微整理了下，儿子走前头，我紧随其后，心想着这女同学在儿子心中一定是与众不同的。这时，远处有一个女孩对着我们的方向用力地挥手，儿子也在示意回应她。走到我们近处，看得便清楚了些。女孩个头儿不高，但不知怎么眼睛哭得跟水蜜桃似的，还带个小牙套，真是可爱极了。她非常礼貌地对我说："方阿姨，我叫苗苗，很高兴见到您，您演的皇嫂田桂花真好！"看到礼貌且可爱的女孩出现在我面前，我总是格外喜欢，我对女孩儿说我也很高兴见到你。

我与苗苗在机场闲聊了几句，儿子突然打断，问女孩，"你的行李呢？"女孩指着不远处，说："就在那里，行李带多了，超重好多。"我连忙安慰她，说："别担心，先看看超重多少，阿姨这边有钱。"小女孩说："称过了，要补交1000多。"我从上衣口袋掏出了所有的家当，居然才800多。儿子也从口袋掏出了一些钱，凑起来的钱够付超重费，并摆出一副男人的模样对我说："垫付的那800元回头我还你。"我哈哈大笑说："得了，你请我喝杯星巴克咖啡就好。"说着女同学、儿子就带着我去机场的星巴克，给我叫了一杯拿铁。那天喝咖啡的时候，我很激动。因为儿子和这位叫苗苗的女同学都坐在我身边，在我们周围还有苗苗的其他同学。突然儿子凑过身小声对我说，"妈，她去同学那边有点事，我陪一下。"我点头答应，他俩从座位起身走向其他同学那儿，过了会儿，登机的时间快要到了，我和儿子把她送到登机口。我拿出存放在机场的星巴克杯子送给眼前的这位女孩儿。女孩儿很喜欢，连忙和我说了好几次谢谢。送走她，我和儿子肩并着肩一起离开机场，儿子从兜里拿出一张纯白的信封袋，对我说，"妈，这是她刚才还你垫付的800元。"我特别好奇地问："咦，这钱她从哪里来的？"儿子说："刚才我陪她找其他同学借的。"想到苗苗的单纯和真诚，突然很感

不要把梦带进棺材，美梦并不仅仅属于年轻人，而是属于活着想做事情的人。

动，我告诉儿子信封里的800元我不要，让他自己收起来，当作和苗苗的第一个纪念礼物。将来不管有没有机会见到她，都可以作为纪念。儿子瞅了我一眼，忽然温柔地对我说："妈妈，谢谢你。"几日后儿子要回学校，临走时我在星巴克买了两个咖啡保温瓶。儿子一个，我一个。

过了几年，有次我们全家人在一家餐馆吃饭时，儿子突然冒了句："妈，你还记得有一个女孩儿叫苗苗吗？"我高兴地说："当然，苗苗太记得了，我很喜欢她。怎样，是不是回来了？挺想见她的。"儿子对我说："妈你不要这么亢奋，她回来的时间很短。""你俩相处得怎样？有可能吗？"我在一旁偷偷笑着说。儿子平静地告诉我："没有。我们身边各自都有陪伴的人。从前有段日子和她通电话，但她父母知道了，和我长聊了很久，之后手机就没收了。再后来就断了，没有联系。""你难过吗？"我询问着儿子。"不难过了，我也有女朋友。"儿子就这样轻描淡写地说出来。

突然觉得儿子真的长大了，这份洒脱不得不让我折服。

在片场曾遇上一位年纪很小但很可爱的姑娘，她不是咱们剧组的，是朋

友带过来探班玩的。深夜我与她就坐在那个小小的木凳上说着关于爱情的话题，特别美好。她问我，"方阿姨，您觉得相爱的人该是什么模样？爱情到底是什么？"我笑着说，"它不是天边云做的枕头，不是餐桌上吃剩的草莓蛋糕，更不是什么美丽传说。它是希望，是生命，是责任，是付出。我会说出100个或者更多爱的模样。"那夜，我们聊得很开心。很久后，突然收到这位小姑娘的e-mail，是一篇爱情小日记：《致R先生》。有一段我特别喜欢：

你

几乎集世间一切美男子的图腾

健硕的身躯

结实的臂膀

厚实的胸膛

……

可是你让我心荡神摇的

却是仅属于我的

那颗心

你的背身

是我的避风的港湾

不要把梦带进棺材，美梦并不仅仅属于年轻人，而是属于活着想做事情的人。

我的特权

并非别的女子所能享有

倚着你

我的心不再飘泊

你的爱意

就是我——

一个女人的归属感

小姑娘的爱情模样是厚实宽硕的背。那儿子爱情的模样呢？是年少时的那个青涩的"小牙套"吗？

8. COFFEE

幸福是个忘恩负义的东西

以前曾听别人说，女人这种生物打从小起身体就隐藏着一种叫购物狂的因子，在她们小的时候就已懂得辨别好看不好看。我也不例外，是个天生爱购物的女人。虽然随着年龄增长，我比以前胖了许多，但我依然可以在成千上万的衣服里挑选出我喜欢的并适合的。

不要把梦带进棺材，美梦并不仅仅属于年轻人，而是属于活着想做事情的人。

我迷恋外贸的东西，第一物美价廉，第二号码偏大，适合我，又独特。

能相信吗？一件35元钱的粉色短袖毛衣，我穿到了瑞士，在美丽的莱茵河畔，留下了难忘的照片。只要不工作的时候，我常常会去逛，一逛完全是忘记时间的那种，也忘了钱要自己付！哈哈哈！几十元的T恤，一买就是几十件，分给我的朋友们、阿姨的家人、司机的家人、助理的家人，他们都是我生活中最亲最帮助我的人，送给他们，我幸福！我快乐！有一回，我在外贸店里淘到一件自己特别中意的绿花毛衣，我高兴极了，我就穿着这件绿花毛衣去星巴克喝咖啡，却意外地看见了长得和毛衣一样的杯子。我当时觉得自己太得上帝的眷顾了，我穿着它在星巴克里遇见了这只杯子：天啊！天意！缘分！

我当时就傻傻地在那里看着，欣喜之下，差点开心地哭了起来。真的一点不假。你想，如果这件衣服她是一位断了翅膀的天使，我就那么恰巧地把她带回家，此时看到和她长得相像的人出现，不觉得这是她等了盼了念了许久的人吗？我一直都觉得任何东西都是有生命的，跟你都是有缘分的，不然怎么会和你在一起呢？我们要珍惜这种缘分，不仅是与人的缘分，还有与世间任何一切的缘分。

10号杯和9号杯有异曲同工之处，也是一只绿色的杯子。我最喜欢的演员梅丽尔·斯特里普，曾在一部电影中穿过一件与杯子颜色相接近的绿色连衣裙。看看，我心里也有追星的情结呢。

记得《茶花女》中有一句经典台词，"幸福是个忘恩负义的东西"。其实，很多人总是觉得别人对你的好是理所当然，是应该的。尤其是女人，当自己的另一半平日对你百般好，百般疼爱时，就有那么一次，比如你期盼了好久的旅行，但是他临时工作上有安排所以取消了；比如你的阳历阴历生日他忘记了其中的某一个，没有送上祝福你的话；比如他给你做了一道特别难吃的菜；又比如他和你约会时，让你等待了足足一个钟头……而这时，你会忘记他所有好的东西，只记得他这次的不好，不对。

还有次我参加一个关于女人的座谈会，丈夫也在，谈话内容基本上都是围绕夫妻的那些事。我说家里有一扇绿色的大门，是我选的颜色！每回有人来家里玩，都会问我一个同样的问题，你这么做，他同意吗？我说，同意啊，怎么就不同意呢。接着朋友会开玩笑地说，那要是有一天他没和你商量把大门弄成别的颜色，你会怎么样？我会非常不高兴啊，告诉他第二天必须改，否则我会生气得离家出走。

不要把梦带进棺材，美梦并不仅仅属于年轻人，而是属于活着想做事情的人。

这件事我说得特别流畅，当时前面观众席就传来一阵阵笑声。我看着在不远处的丈夫，居然摇摇头，估计被我这种犯"二"弄得只能作罢，想着应是哭笑不得吧，我更多的是感受到了丈夫对我的疼爱与包容。

最近网上疯狂地传播着一家台湾公司的广告片——"因为爱，每句话都要好好说"。广告片很感人，而我最开心的是原来自己拥有着那么多的幸福和快乐。生活中的快乐和幸福是自己找的，所谓要找的东西，一般人的眼睛里是看不见的。找幸福找快乐不是眼睛能找到的，而是心里会感受到的，我们用感恩的心去看自己的丈夫，去看自己的儿子，就能感受到他那份与众不同的爱。比如他不善于表达，我刚结婚时很生气、很失望，待我当了妈妈以后，用感恩的心去想，他不善于说就不说了吧！家里大事小事他都用心操办着，这也是对我的爱啊！

也许上帝就是要送给我这样一个不善于表达爱的男人！

当幸福来敲门的时候，每个女人要学会去感恩、珍惜，亦如我的这两只杯子一样，它遇见你并肯让你带回家，不是随随便便的，它是相信你、信任你，认为你们之间有缘分，并且你也有这份能力去好好呵护它。有人说幸福是转瞬即逝的东西，但我却觉得如果这些短暂的幸福，可以像小时候做算术题一样累计，它们就铺成了一段段属于你自己的幸福路。

9. COFFEE
叶子镶在相框里挂起来

从小我就喜欢画房子。小的时候我会在本上画房子，长大我会拿个树枝，在乡下的沙滩上画房子，上文工团会拿笔在剧本上画房子，现在只要我拿起笔画画一定就画房子。而这个房子是我在星巴克的墙壁上拍的照片。

关于我总是不停地画房子的奇妙现象，我曾咨询过心理学家，他们都说是因为我太爱家了。虽然常年在外拍戏，但是自己眷恋的是房子，是温暖如春的家。听完专家的话，我一度想起在美国曾买过一支彩色的旗帜，旗子上画的就是一个带有烟筒的房子，房子后面全是蓝天白云。每回拍戏我都喜欢把这个房子，这个彩旗挂在我的屋子里，虽然身在异地，但我的心一直没有和家人分开，是永远在一起的。

我们家有一棵很大的梧桐树，每到秋天都能够伸手从二楼窗外拣来几片叶子。去年的时候丈夫突然好奇地问我，"卓子，我发现你每回到了秋天

不要把梦带进棺材，美梦并不仅仅属于年轻人，而是属于活着想做事情的人。

只要在家，总爱拣几片梧桐叶。"我告诉丈夫说在自己很小的时候，就喜欢在树下仰起头反看树叶，懂事之后便自然地对这些树叶有着一种特殊的情感在里面。喜欢梧桐是因为梧桐总有种特别诗意的感觉。我喜欢一切诗意的事物。打从记事儿起，内心便渴望着可以像诗般自由生活。吃想吃的饭，见想见的人，看喜欢的风景，做可以做的事。小的时候看树叶，长大以后也会看树叶。无聊的时候看树叶，心烦的时候更会看树叶。现在上了年纪，越发开始体会到自己对树叶的喜欢其实是有原因的。

　　小时候，当小伙伴们都在那儿高兴地谈论着自己的父母时，我就傻杵着，默不出声。那个时候大家都以为我内向、胆小，所以不说话。其实我父母在我很小的时候就分开了。每回站在家门前的那棵大树下，我总觉得那就是我的父亲，他一直在守护着我，从未离开过我。那些树上的小树叶就是大树爸爸给我的礼物。一年365天，每天都有礼物。这是多少孩子羡慕的事啊。有时候，我望着树叶，从树叶看到那经络分明的纹路，会觉得特别好看。并且每片叶子的纹路还是不一样的。在阳光的照耀下，你仰望这些树叶时，会透过树叶的细缝看到金灿灿的光圈。在心情不好的时候，张开五指，看着阳光切割成你喜欢的模样，非常幸福。有趣的是，你慢慢旋转着掌心，被你切割的阳光也会像圆盘般转动。你快它就快，你慢它就慢，完全听从你指挥。突然那些不好的阴霾就这么散了。后来我把这个方法教给我在片场拍戏的"女儿"，她们都很喜欢。有一次我接到"女儿"的电话，"女儿"说："方妈妈，上次你教给我的方法真的特别好。昨天和丈夫吵架，我就真的出去看树叶呢，没想到过了一会儿气就消了。"

不要把梦带进棺材，美梦并不仅仅属于年轻人，而是属于活着想做事情的人。

因为树叶，所以也深深地喜欢着大自然。记得有一次和丈夫、孩子去北京的近郊野餐。我把一些在家洗好的小野菜垫着廉价的纸巾铺在一次性桌布上，好看又好吃，家人都很喜欢。之后我突发奇想地在市场淘了一块好看的相框，把这些叫芥菜的小野菜给镶嵌进框子里。是否太有创意了呢？哈哈，芥菜小小的，很新鲜，带着泥土，就这么自然地洒落在镜框里。做完之后我把画框放在我的床头，非常开心。这是我亲手DIY的一块相框，不是价值连城的油画、照片，但它是鲜活的，带有家的味道，我很爱家，珍惜与家人相处的每分每秒。

　　后来有一回在家里，我一个人拆开了相框，把拣来的几片梧桐叶放了进去。晚上丈夫看到床头前的芥菜多了一些梧桐叶陪伴，便问起我，我笑着告诉他因为我喜欢呗。梧桐树叶是大树爸爸送给我的礼物，我要把最美的礼物也一进镶在画框里挂起来。

10. COFFEE
重塑一个我

　　我身边有一位女朋友是个摄影发烧友。平日除了工作，总爱拿着相机天南地北地跑。照片内容基本上都是一个调调，各类的花草树木。这么些年来几乎从未发生过变化。有回我问她："你怎么总是拍这类的东西，不厌倦吗？"她对我说："不会厌倦。它们都是我的孩子。"忽然发现女友和我倒是有些相像。我的工作不固定还忙碌，但无论何时，只要有空都爱去星巴克，喝咖啡、买杯子，因为它们是我的亲人，我爱它们。

　　年纪大了，对于亲人的某些事也渐渐开始遗忘。这是从前在杯底贴上标签的4号杯子。长得和梅花一样漂亮的杯子，是我花了310块人民币买的。当时特别喜欢，但买的时候却犹豫了一会儿。因为家里的杯子实在太多太多。

　　当时心里还想着给朋友打电话吧，让朋友送我，这样就可以冠冕堂皇地

不要把梦带进棺材，美梦并不仅仅属于年轻人，而是属于活着想做事情的人。

拥有她，可星巴克的杯子成千上万，朋友也不一定就买的是这只梅花杯。总不能直截了当地告诉朋友杯子的所在地啊。张爱玲说，于茫茫人海中，遇见你所遇见的人。而我在星巴克的许多杯子里，偏偏这么巧就是一眼望见她，时间正好，不早不晚。她和我有眼缘。想着还是买了这只眼缘杯。杯子买完后，那年正巧给胖太太和一个中年服饰品牌做代言，我让他们给我做了一件与杯子颜色一样的衣服，每次穿上这件梅红色衣服，拿着杯子，就特别开心、幸福。

这只和我一见如故的梅红色杯子有许多难忘的故事。有时候我甚至觉得这只杯子就是我自己。有次在片场，好友娟娟探班拿给我一块很好吃的蝴蝶酥。

包装上写着：我们的相遇，像是找到另一个自己。这只杯子就是另一个我。我去中国人民大学参加世界小姐的评奖活动，我穿着梅红色衣服，拿着梅红色杯子。在活动现场，邀请的嘉宾里很多都是老师，有年轻的，也有岁数年长一些的。忽然一位戴着眼镜的长者向我这里走过来，冲我微笑并儒雅地对我说："你好，方老师！我老伴儿非常喜欢你，能否跟我拍张照片？"

我开心地说："当然可以，这个太简单了！"说完，我们就拍了照。之后我想整理下自己的衣服，老先生很好心地将我的包和杯子拿过来。但由于是在室外，天也渐渐黑了，老师没接好，把杯子掉在了水泥地上。当时"啪"的一声，心里像沾满了沙子一样难受。老师从地上捡起杯子，连忙对我说："啊，方老师不好意思啊！"老师摸着杯子继续说，"这个杯子有点

瘪了，中间还有一个小小的坑。方老师，这个不会是我刚才摔坏的吧？！"
我接过老师手中的这只杯子，大笑说："不是不是，它原本就是长成这样
子。"老师说："呀，还有这种设计的杯子啊。"我再次笑着对老师说，
"对啊，当时买的时候，就是觉得它与众不同，太奇妙了，这杯子。"在杯
子的中间有一个凹处，虽然是刚刚摔坏的，可她却像上帝的礼物，把原本拿
着比较吃力的地方，变得好拿了！而且是那么巧妙，那么人性！我和老师愉
快地交谈了许久。之后杯子跟我走南闯北，继续摔，继续用。渐渐地，杯子
上多了很多只大大小小、深深浅浅的手印。我觉得这只杯子DIY得很特别。

后来梅花杯给我弄成了女人杯，因为我又给它弄了些很特别的符号、印
记。说起女人总觉得应该说点什么才是。我今年61岁了，早已过了知天命的
年龄，但依然忙忙碌碌。常年在各种片场里穿梭，演绎了上百个角色。今天
王大娘，明天刘大姐，能活出真实的模样并不多。我是个传统的中国女人，
心里依旧以家庭为重心。在家里，我的角色也不是一种，比如妻子、妈妈、
儿媳妇，很多很多，但都会尽力做好每个角色。而幸运的是，家人给了我很
多理解和包容，扮演的角色都做得不错，所以周围的女朋友开始找我做一些
有关女人话题的节目。王小梅就是我的女朋友之一。她是个很出色的女人，
主持过很多女性节目，比如《爱情保鲜之夜》。有次我和她出去喝咖啡，我
问她，这个栏目叫《爱情保鲜之夜》，你说这个世界上的爱情真的存在有爱
情保鲜？她说，关于爱情有没有保质期能不能保鲜，严格说应该是没有的。
这个保鲜是需要人用心和责任去捍卫才能使它保鲜。后来心想着美味的凤梨
罐头都有保质期，爱情怎会没有它的保质期呢。

小梅有时候还会接一些不赚钱的节目去做，我会和她一起。通常节目组为了表示感谢，会给我们一些免费的美容票、咖啡券、SPA卡。有次我拿着节目组给我的SPA卡做了次免费的精油护理。那里的环境很好，周围有很多玫瑰花和漂亮的薰衣草，我就躺在那里，看着房顶及周围放着的美丽花朵，遥想起当年家乡的那口天然温泉。温泉不像如今这般美丽，没有鹅卵石铺的地面，也没有花朵的映衬，是一口用铁锹挖挺深，男用和女用拿苞米秸屏障隔开的朴素温泉池。那个时候池子里还有浓重的硫黄味道及热沙子。我们在池子里进进出出，虽朴素简陋，但仍旧玩得很开心。

　　最近在杂志里读过一句话，原话已记不大清楚，大意是说，人生最后悔的事情就是，我本可以。是啊，人这一辈子生活得平凡无趣简直太简单了，任何人都可以做到，但活出精彩却是极少人。我是一位演员，常常会因为拍戏而限制自己。就像SPA，我几乎一年都去不了几次，虽然很喜欢。年轻的时候没有条件，等有条件了，却因为工作而不得不放弃。现在年纪大了，我想多拿出一些时间来做自己喜欢的事。比如染一个中国红的鲜艳指甲，弄一个新发型，穿最时尚的厚底鞋，邀请朋友来我家尝尝自己DIY的酸奶、咖啡、曲奇、蛋糕，和闺蜜来次意外的冒险旅行……不在意别人的眼光，不在意别人的评论，塑造一个全新的自己。

　　人生就是应该有"我本可以"，明白输赢、明白等待、明白苦难。我现在策划这本书，就是因为多年来对星巴克的喜爱，她是我的家人，送给女人的礼物，送给发现另一个自己的礼物，还送给依旧在人生路途中探索的朋友。

不要把梦带进棺材，美梦并不仅仅属于年轻人，而是属于活着想做事情的人。

11. COFFEE

豆的钤印

平时总是风尘仆仆、东奔西跑地拍戏。

也只有在偷闲时推开星巴克的门，安静地坐在那儿，捧一杯香浓的拿铁，听一段轻柔的背景音乐，才会有放松心情的感受。

我很喜欢深圳的星巴克咖啡店，她像极了大自然的风格。切断的圆柱，错落在一起，还有用布麻袋装着的甘香饱满的咖啡豆！太吊人雅兴了！我用手去触摸咖啡豆，它们对我貌似陌生，但我对它的味道又是这么熟悉！这让我想起我的家乡东北。

东北是出产黄豆的地方，我的童年就是和黄豆连在一起的。母亲常为我们姐妹发黄豆芽炒菜吃，母亲还在碎布缝制的口袋里盛了黄豆供我们做零食。参加工作后，每天早餐都离不开黄豆做的豆腐脑，而香浓的豆浆到今天仍是我的最爱！有趣的是，在电视剧《雪野》中，我扮演的女主人公吴秋香，就是用两麻袋黄豆换来的媳妇。吴秋香的婚姻虽然坎坷，但她却十分坚强，在人生的道路上，她不怕挫折，不失为中国农村女性的榜样！

一晃30几年过去了，一想起这部电视剧，我的眼前依然会浮现出爬犁在茫茫雪野上留下的那两道深深的雪辙……

咖啡豆，黄豆，两种豆子，都叫种子。

只有撒在地里，只要有阳光，有水，豆子就会发芽，生长，结果……

送去我对大自然的尊敬，送去我对豆子的祝福！无论是咖啡豆！还是黄豆！

"要不要来一杯豆奶拿铁？"

我笑了！"当然！一定是让我喜爱的新口味！"

不要把梦带进棺材，美梦并不仅仅属于年轻人，而是属于活着想做事情的人。

12. COFFEE

原来爱情真的可以保鲜

　　我一直认为职业演员必须要有一些健康的业余爱好，生活才会丰富多彩。比如我的业余除了写作，还时常受一些媒体邀约客串主持人，做一些关于女性的话题。有这么多的"事"做，我很享受！

　　我曾在《爱情保鲜之夜》的沙龙上说："爱情像鲜花一样美丽，但这种美丽不能持久不变；爱情像草莓一样鲜美，但鲜美隔夜就变了味道。"爱情是感觉，是缘分。感觉和缘分从来不固定，所以爱情的成色也不会永远固定在某一个时段上。但爱情又是可以保鲜的。若要保鲜，相爱的双方就要彼此尊重，彼此信任，彼此包容。只有用心去关爱对方，体贴对方，爱情才会转变成为一根坚守婚姻契约的擎天柱。婚礼上，一句简短的"祝你们白头偕老"，那便是亲友们对相爱的新人最好的祝福！

　　有人说夫妻吵架很伤感情。我不这么认为。我在《爱情保鲜之夜》沙龙上还说过："天天都假装相敬如宾就没有爱。吵架，是夫妻感情生活的一项内容。"众议相爱的男女时，人们常说：哦，他俩还有夫妻相！可结了婚有了孩子，女人常说："我怎么嫁给你这个冤家！"这个"冤家"是什么意思？娇作、谐趣啊！

　　有一天，儿子忽然问我："妈妈，你和爸爸的性格太不一样了！你们怎么就结了婚又生了我呢？"我先是哈哈大笑，然后从皮箱里拿出一沓当年我和丈夫热恋时期来往的书信，告诉已经长大了的儿子，我们彼此都深深地疯狂地爱着对方。不一样的性格，在热恋时往往觉得是惊喜的、独特的。比如丈夫年轻时少言寡语，但他的微笑对我来讲是那么的有魅力。我很欣赏他。我曾在给他的诗中这么写道："你的微笑，是我奔跑在暴风雨中时遇到的那把红伞；你的微笑，是我在黑暗的冬夜里捧起的那杯热咖啡……"把自己热恋的男人比作热咖啡的女人，往往是充满激情而不冷静的。

　　婚后的生活是要经受考验的。随着各方面的压力增多，丈夫昔日的那

Part 3　女人　　　　183

不要把梦带进棺材，美梦并不仅仅属于年轻人，而是属于活着想做事情的人。

种充满魅力的微笑日趋减少了，我在热恋时曾幻想他像森林一样神秘、海洋一样深沉的少言寡语，婚后反成了我挑他刺儿的原因！有一次我们为此吵了一架。我说："我说话为什么你总是爱答不理的，你是不是不爱我了？"好不容易换来丈夫久违的微微一笑，跟着他就给我来一句冷俏皮："你怎么还没演够戏啊？"我一听，更生气了，干脆独自回到卧室，关上门号啕大哭。当丈夫推门进来时，发现我红肿着眼睛正在认真地读一本美国小说《死了的丈夫才是好丈夫》。丈夫一怔，什么情况，没这么玩任性的好不？我眉头一展，赶紧上前搂着丈夫说："还好，你还没死，我就已经知道你是我的好丈夫了！"

儿子一天天长大，我和丈夫之间的性格磨合却从未间断。我很喜欢《练习生活，练习爱》这本书。作者戴莱通过对一座城市一群年轻人生活、爱的体验娓娓道来，为我们揭示了和谐家庭的一道秘笈：感恩不间断！的确，我们的生活是丰富多彩的，摩擦起电也是正常的。如果不用心从点点滴滴小事中去发现，去阅读对方的优点，你就不会满足，不会感恩，不会快乐，不会幸福！

想想自己的丈夫，虽然也有男人的一些"臭毛病"，但他对家的践诺是做得很到位的。比如我的家居就都是他设计的，从房子的结构、布局、色调、风格，而我没有操一点心，只是看过他的设计图。我们每天对坐在阳光房里都是他负责沏茶，而我总是那么心安理得，没觉得沏茶这事儿算什么技术活。直到有一天，我自己尝试着亲自沏茶，结果毛手毛脚好一阵忙碌，才发现沏出来的茶真不如丈夫沏的香！

既然爱的起点是一致的，那么爱的旅途就更应该一致。在这一点上，丈夫的步子迈得比我更坚实。比如我喜欢绿色，丈夫就把大门做成了深绿色和浅绿色的铁艺大门，而我忘了问他喜欢什么颜色，再比如带儿子开车去旅游，去儿子课本上所有提到的地方，那都是由丈夫完成的，而我却总是不停地在接戏和拍戏！在我收集星巴克的日子里，丈夫为我买了瑞士咖啡机，虽然我喜欢享用，但仍然阻止不了我继续推开星巴克的门，去喝我永远最爱的拿铁！

如此好丈夫，我岂能不感恩？！

春天来了，院子里的玉兰花开了！

我和丈夫对坐在院子里的时候，看着这张熟悉的脸，就像在感受历久弥新的初恋！这或许就是那句流行语"后天（添）亲人"吧！

爱不够的丈夫（冤家），喝不够的咖啡（拿铁）！

谨以此文献给天下热恋中的有情人——请相信我，只要心意在，感恩不断，爱情真的是可以保鲜的！

不要把梦带进棺材，美梦并不仅仅属于年轻人，而是属于活着想做事情的人。

13. COFFEE
赌城飘过

　　《嗨，弗兰克》电影拍摄结束后，剧组提议让大家去拉斯维加斯玩一玩。到拉斯维加斯时，已经天黑了，大家都想去赌城碰碰运气，我和丽丽有玩兴没赌兴，制片只好在"纽约，纽约"大酒店给我俩要了一个房间，要休息要玩由我们自己把握。

我们当然选择去神游夜景啦，还不知几时能回呢。于是我就把几位女演员叫到一起，对她们说："你们拿一把钥匙，我和丽丽拿一把钥匙，大家一起享用这个房间。拍戏时大家是朋友，你们给了我太多的关照，戏拍完了大家仍然是朋友！"

见到剧组录音的小胖在酒店大堂里有点犹豫的样子，我就把身上剩下的现金送给他，鼓励他适度地去经历一下。

赌城的夜晚，繁灯闪烁，怡静的景色比白天还美丽动人！

我和丽丽兴致勃勃地在赌城的大街上足足逛了一宿，直到清晨触摸到第一抹阳光的时候，我们才打的士回酒店。

我坚持不让丽丽吃方便面，我请她吃了美式早餐，又脆又香的土豆条，带有阿根廷风味的烤香肠。呵，又来一杯拿铁！美味哉！

当太阳爬上竿的时候，大家已经坐在了前往洛杉矶的大巴上。车厢里充满着方便面和榨菜的油腥味道。是心疼钱？当然不是，而是大多数人还是吃不惯美式早餐。

大巴正在启动，我斜靠在车窗边，戴上耳机，陶醉在约翰·丹佛的《乡村之路带我回家》里！制片正准备清点人数，看看有没有落下谁，忽然，我看见小胖朝着大巴一路狂奔而来，上车后又一直往我的座位挤来。我摘下耳机才知道，我给他的本钱让他赚"海"了，他要把赢得的钱送给我。

我告诉小胖，用这个钱去对面那家星巴克给大家买早点，买咖啡，给我

不要把梦带进棺材，美梦并不仅仅属于年轻人，而是属于活着想做事情的人。

买下一个托盘作为纪念吧！大家都觉得有理，于是小胖就带几个小伙子又下了车，一齐拥向星巴克。

五分钟后，小伙子拎着几大袋蛋挞、点心和纸杯封装的热咖啡回来了。大家这个乐啊，各自挑着自己喜欢吃的、喝的，车厢里立刻飘起香浓的星巴克味道⋯⋯

于是大家开始调侃。

"唉，方老师，这咖啡苦的，放了糖还苦，我们家几辈子都没喝过！"

"就是没喝过才让你们尝。"

"咱们的胡辣汤美国人也没喝过！"

"美食无国界，改天我也叫他们尝尝。"

14. COFFEE

妈妈赞

　　在收集星巴克杯子的日子里，最让我喜爱和珍惜的，莫过母亲节的杯子了。因为我有生我养我的亲妈妈，结婚后又有了婆婆版的妈妈，我的电影艺术生涯中还有好几位妈妈，感恩我又做了现实生活中我儿子的妈妈！

　　妈妈的爱是世上最无私的爱，最伟大的爱，妈妈的爱比山高比水长……

　　感谢缘，我的生日常和母亲节相遇，每当这个"双喜"叠加的日子，我都会把婆婆妈妈搂在身边，然后喜鹊般地陪她们"疯玩"，享尽"有妈的孩子像块宝"的快乐！

不要把梦带进棺材，美梦并不仅仅属于年轻人，而是属于活着想做事情的人。

我的婆婆妈妈年纪差不多，我的亲妈84岁，我婆家的妈82岁。她们在一起，绝对不是成语里的"婆婆妈妈"。我的亲妈翻译出身，我的婆家妈是独唱演员。两位妈妈素养都很高，长得也都很漂亮，她们天生聪慧、善良，而且都写一手好字。我非常崇拜她们，还常模仿她们的字迹学习书法。

别看妈妈们都到了耄耋之年，但她们始终没有把自己的兴趣爱好放下。

我的亲妈曾经在图书馆工作过，她非常喜欢读书、藏书。前些日子我妹妹来帮我收拾屋子，我们把书房屋角妈妈收集的《读者文摘》以掸灰尘为由，让废品收购站收走了。妈妈知道后，比丢了珍宝还伤心，血压骤升到230，我们都被吓坏了。

我婆家的妈妈是个女球迷，有篮球赛直播她就必看，尤其是NBA。她不仅爱球，而且还是个"懂球后"，很多NBA和CBA著名运动员的经历妈妈都了如指掌。妈妈不仅关注重要的赛事，而且还喜欢预测赛果，有时候和我的丈夫为某一场球赛"单挑"胜负，妈妈总是胜多负少！

两位妈妈都崇尚独立生活，连小阿姨也不要。她们对我说："我们老了同样要自强自立，不要给你们增添累赘，不需要你分心照顾，你全心全意地去生活去演戏吧！"有一次婆家的妈妈因为低钾去了医院，护士们大为惊愕："为什么您一个人来看病？"妈妈也没有说出我们的名字，这让我们既感动又担心！

我的亲妈也很"顽固"。平时一些小病她都能自理，直到一次脑梗发作，才打电话让我带120急救车过去救她！

妈妈们是如此的快乐和坚强，如此的体谅我们，我们有什么理由不加倍努力地工作，来感妈妈们的恩，报答妈妈们的爱？

　　有人说，母爱是女人的天性，它不仅流淌在血缘关系里，也在流淌血缘关系外，就看你是否有幸遇到。我就是有幸的一位。这个"幸"，来自我的第三个妈妈，她是上海人民艺术剧院的陈奇。

　　1982年我拍《鼓乡春晓》时，陈奇老师在电影中扮演我的妈妈。从那部电影之后，我们就一直相处得很亲密，很投缘。我在《我眼中的同行》一书中曾经这样写过，我遗憾自己没有上过任何表演艺术学院，但我庆幸能遇到陈奇老师。剧中我称她为妈妈，生活中也就自然而然地叫起来了。当时我还在东北沈阳市话剧团，初次上镜，难免紧张，是慈祥的陈奇妈妈给了我无微

不要把梦带进棺材，美梦并不仅仅属于年轻人，而是属于活着想做事情的人。

不至的关怀和帮助，才让我在这个"圈子"里渐渐成长起来。她不仅在电影表演上给了我很多的引导，而且还教会了我凤阳花鼓。

记得有一次我正准备早点上床休息，妈妈却容不得我这样偷懒，她叫我对着月亮和星星分别打100个花鼓。我练累了，手腕红肿了，妈妈却说，台上一分钟，台下十年功。艺术的追求来不得半点的马虎，这次拍电影是你的机会，如果不吃苦，机会就会从你身边溜走。我谨记妈妈的这次教诲，并一直践行在日后几十年的演员生涯中。

光阴荏苒，日月如梭，一晃30多年过去了，我不知不觉也60岁了，而妈妈也已经86岁了，她身体仍然很健康，还时不时地参加一些社会公益活动。前些日子上海举办诗朗诵，妈妈登台朗诵《咏梅》，赢得了全场的喝彩。我立即在微信上给妈妈留言，把世上最好的祝愿献给了她，并衷心地为她高兴和自豪。借助微信这个现代便捷的交流工具，我们可以在不同的城市里聊天甚至见面。

上世纪80年代的一曲《世上只有妈妈好》，唱出了千千万万儿女们对妈妈的感恩之心，也很好地衬托出母爱的伟大。这种伟大从我的三位妈妈身上就得到了充分的体现，不仅于此，她们都以优秀、善良、自强、自立的精神品质，为下一代人树立了典范。妈妈就像一面不朽的旗帜，永远飘扬在我的心怀里！

我的可爱的星巴克杯子啊，你装得下一杯美味的咖啡，却装不下我妈妈的爱！

15. COFFEE
一杯子一辈子

（一）

也许是因为儿时没有玩具的缘故，心里一直没有满足感，在今天的幸福手册里，总觉得缺点什么。终于有一天我找到了，那就是我欣赏的、喜欢的、迷恋的星巴克杯子。

快乐其实是一件很简单的事。推开星巴克的门，买上一个喜欢的杯子，开心加快乐，一个字"美"，另一个字"爽"。

我一直在享受那份属于自己的快乐。每到一个城市我都会寻找星巴克店，就像寻找自己的家一样，优雅的环境，弥漫着咖啡的香味，来一杯热拿铁，配一块奶酪蛋糕，临走买一个星巴克杯子，让我幸福极了。年复一年，

不要把梦带进棺材，美梦并不仅仅属于年轻人，而是属于活着想做事情的人。

一次又一次走进星巴克店，买下一个又一个星巴克杯子。每一个杯子都是不同的样式，每一次走进星巴克心情都是不同的，每一次喝拿铁的心情也是不同的。

杯子里浸淫着我的记忆，杯子里记述了我走过的路：一个杯子一辈子。

（二）

每一个杯子都是我对星巴克满满的情怀和执着的迷恋；每一个杯子都是我对生活丰富的体验和深刻的记忆。

就像男人喜欢烟斗，就像女人喜欢首饰，而我则喜欢杯子，而且一定是星巴克杯子。我喜欢咖啡的味道，更喜欢咖啡路上的记忆。

第一杯卡布奇诺，1997年拍姜文的话剧《科诺克》，是好友苏小明请我在国贸星巴克店喝的，那一次体验，算是我和星巴克的"初恋"，我全身心都浸泡在咖啡的香浓味道里，感觉是那样的神奇和美妙！

第二杯卡布奇诺，这一杯要好好说一说。那是2000年我赴美国拍电影《嗨，弗兰克》，在大街上，我发现了星巴克的标志，就情不自禁地推开门走了进去，照到墙镜，才发现自己穿的是电影中姥姥的服装，中国蓝粗布，斜襟褂子、黑裤子、黑布鞋，染着花白头发。没有翻译，我对着吧台那边笑呵呵的美国小伙子，一边打着手势一边说，做嘴里吹着气的表情，小伙子笑了：OKOK。

须臾，一杯香醇的卡布奇诺递到了我的面前。

我喝着咖啡，环顾四周，很快就融入美国星巴克店的文化品位里了。我喜欢这里美丽的壁画中渗透着的异乡情调，我喜欢这里安适的环境，这里看似聚合着不一样的人：有看报纸的老人，有谈恋爱的年轻人，有吃午餐的母子……但他们表情却是一样的：轻松。受此感染，来拍戏之前的那份紧张感，也在此间烟消云散了。

（三）

我再一次走进星巴克，还是在美国。我依然用最原始的"看图识字"法，向服务生指指划划地点了三文鱼、蓝莓蛋糕、水果棒棒糖。不知要什么咖啡了，犹豫时，服务员提示地说了句："拿铁？"我点点头，重复着这个头一回听到的名词。从喝了第一口那一刻起，我便爱上了它，喝不够，喜欢之极、迷恋之极。这就是我的第三杯咖啡——

不要把梦带进棺材，美梦并不仅仅属于年轻人，而是属于活着想做事情的人。

拿铁！

拍摄《嗨，弗兰克》时，我几乎每天都要去星巴克"来一杯"。即便忙得腾不出时间，也要从星巴克打个包什么的，有时还托其他人代劳打包。

我记得在剧中演美国老兵弗兰克的演员海瑞森·杨（曾在美国电影《拯救大兵瑞恩》里扮演老年瑞恩）也是个星巴克老主顾。

那天清晨，剧组要在美国的大街上拍老兵游行，天雾蒙蒙的，有点寒冷，我和海瑞森·杨一起等着机组的到来。杨用肢体语言问我：姥姥你冷吗？我双臂抱紧，嘴里打着冷颤，点头表示"冷"。

杨又做了一个喝着香的动作，我明白他的意思是说："你想喝咖啡吗？"我笑着点了点头，同时也用肢体动作告诉他，我只穿了剧中服装，没有带钱包。

杨笑着拍拍我的肩头，转身离去。一会儿，他唱着老兵进行曲，双手端着两杯星巴克咖啡回来了，一路还幽默地踢着美式牛仔鞋。

可爱的杨！像个调皮的大男孩！我看懂了他的表达。这虽然只是一杯咖啡，但却让我看到了美国人的心态：面对无奈的等待，没有丝毫的抱怨，而是采取乐观积极的态度去对待，他幽默夸张的表达，更展示了一位老电影艺术家的可爱童心。

知我"杯"也！

每一个杯子都进了我的每一部戏。

每一个杯子都进了我的每一步足迹。

每一个杯子都进了我的甜酸苦辣。

每一个杯子都像我的眼睛。

每一个杯子都像我的伙伴。

不要把梦带进棺材，美梦并不仅仅属于年轻人，而是属于活着想做事情的人。

责任编辑：都基隆　宫　共
封面设计：尚书堂

图书在版编目（CIP）数据

清青-卓见 ／ 方青卓著. —— 北京：人民出版社，2017.1
ISBN 978-7-01-017064-0

Ⅰ．①清… Ⅱ．①方… Ⅲ．①散文集－中国－当代 Ⅳ．①I267

中国版本图书馆CIP数据核字(2016)第306513号

清青-卓见
QINGQING ZHUOJIAN

方青卓　著

人民出版社 出版发行

（100706　北京市东城区隆福寺街99号）

三河市祥达印刷包装有限公司印刷　新华书店经销

2017年1月第1版　2017年1月北京第1次印刷
开本：700 毫米×1000 毫米　1/16　印张：12.75
字数：138千字

ISBN 978-7-01-017064-0　定价：39.50元

邮购地址：100706　北京市东城区隆福寺街99号
北京人民东方图书销售中心　电话：(010) 65250042　65289539

版权所有·侵权必究
凡购买本社图书，如有印制质量问题，我社负责调换。
服务电话 (010) 65250042